CW00661142

Bruno Frank

Politische Novelle

Bruno Frank: Politische Novelle

Erstdruck in Auszügen in der Wochenschrift »Das Tage-Buch«,
Februar 1928. Erstausgabe als Buch: Ernst Rowohlt, Berlin 1928.

Neuausgabe
Herausgegeben von Karl-Maria Guth
Berlin 2017

Umschlaggestaltung von Thomas Schultz-Overhage unter Verwendung
des Bildes: Unbekannter Fotograf, Aristide Briand, 1926

Gesetzt aus der Minion Pro, 11 pt

Die Sammlung Hofenberg erscheint im
Verlag der Contumax GmbH & Co. KG, Berlin
Herstellung: BoD – Books on Demand, Norderstedt

ISBN 978-3-7437-1980-4

Bibliografische Information der Deutschen Nationalbibliothek

Die Deutsche Nationalbibliothek verzeichnet diese Publikation in der
Deutschen Nationalbibliografie; detaillierte bibliografische Daten sind
im Internet über www.dnb.de abrufbar.

1.

Der Reisende aus Deutschland, der in der Pension Palumbo die Zimmer 14 und 15 bewohnte, erwachte wie alle Tage pünktlich um halb sieben. Er stand augenblicklich auf, wusch sich, und kaum bekleidet, mit nacktem Oberleib, trat er in den kleinen Wohnraum, der an sein Schlafzimmer stieß. Auch hier standen beide Fenster weit offen, mit voller Flut strömte ihm süditalischer Frühling entgegen. Das Gärtchen unten brannte von Farben, weiterhin in der Tiefe strahlte und rauschte der Golf; aber der Gast vergönnte sich noch keinen Blick, sondern begann unverweilt seine Körperübungen.

Es waren zuerst die herkömmlichen Drehungen des Rumpfes und Beugungen der Knie, durchgeführt nach offenbar vorgezeichneter Ordnung. Dann aber wandte er sich einem Lederball zu, der zwischen senkrecht gespannten elastischen Schnüren in einer Ecke des Gemachs kopfgroß in Kopfhöhe schwebte, und begann diesem Phantom mit kunstgerechten und gewaltigen Fauststößen zu Leibe zu gehen.

Er sah nicht aus wie ein Boxer. Sein Gesicht, schmal und fest, von blasser wenn auch keineswegs kranker Farbe, wirkte verfeinert, wirkte geistig, und vollends sein Körper schien von der Natur nicht auf brutale Leistung angelegt. Sonderbar fremd, nicht recht zugehörig, wie ertrotzt und erzwungen traten an diesen fast gebrechlich geformten Schultern und Armen Muskelschwellung und starke Sehne hervor.

Er arbeitete still, methodisch; in unermüdlicher Abwechslung schnellten seine Fäuste gegen den Ball. Endlich aber, als der Schläger abließ von ihm, zitterte er nur ganz wenig noch nach und schwebte sogleich unverwandt, Abbild einer stumpfen und toten Masse, der kein Wille, kein Vorstoß der Welt etwas anhaben kann.

Der Reisende nahm nun ein paar Hanteln hervor, Federhanteln, im Innern mit starker Stahlspirale versehen. Abwechselnd presste er sie zusammen in seinen Fäusten und ließ wieder locker. Er endete nach zehn Minuten, kleidete sich an und begab sich über die dunkle Steinstiege des alten Bischofshauses in das Gärtchen.

Er wurde erwartet. Doktor Erlanger stand an die Balustrade gelehnt und blickte über die obst- und weinbepflanzten Terrassen hinunter aufs Meer. Sie nahmen ihre Plätze ein. Vor dem Gast des Zimmers 14 lag ein Brief, ein Riesenexemplar von einem Brief, ein wahres Paket in starkem, rotbraunem Umschlag. Solch eine Sendung traf an jedem Morgen hier ein.

Sie frühstückten. Der Aufwärter, bejahrt, in Hemdärmeln und grüner Schürze, ging ab und zu, die Inhaberin des Hauses Palumbo, eine stille Schweizer Dame, kam durch das Gärtchen, grüßte aus kleiner Entfernung und sah mit einem erfahrenen Blick nach dem Rechten. Gäste waren noch nicht zu sehen. Morgenstille. Kein Laut. Kein Vogel sang in dem Garten.

Doktor Erlanger, jung, groß, sehr brünett, mit auffallend engstehenden Augen, frühstückte mit Appetit. Aber der Gast von Zimmer 14 nahm sehr wenig, eine Tasse Tee, eine Scheibe trocknes geröstetes Brot und ein Ei schienen ihm zu genügen.

»Sie essen wieder gar nichts«, sagte sein Gefährte in einem achtungsvollen, dabei fast zärtlichen Ton, »ein Fremder müsste glauben, Sie wollten schlank bleiben.« – »Schlank nicht, Erlanger, aber nüchtern.« Und mit einem kleinen spöttischen Lächeln hob er das Gestell mit dreierlei süßem Gelee in die Höhe, um es dem Hungrigen hinzureichen. Er setzte es unvermittelt nieder und besah seine Hand.

»Das ist doch erstaunlich«, sagte er. »Diese Übungen mit der Hantel strengen die Muskeln so an, dass sie zuerst nicht das Leichteste bewältigen. Ein Kind könnte einen umbringen.«

»Nun machen Sie auch noch Hantelübungen, Herr Carmer? Warum tun Sie das alles; es verwundert mich immer. Ich weiß doch zu genau, wie Sie über Sport und Sportleidenschaft denken. Mit welchem Hohn haben Sie mir einmal ein Zeitungsblatt vorgewiesen, das in riesigen Lettern die Überschrift trug: ›Ehrt Eure deutschen Meister‹ – und es waren Fußballmeister gemeint!«

»Da verwechseln Sie zwei Dinge. Sport? Nein, mit Sport hat das gar nichts zu tun. Man muss kräftig sein zu ganz andern Zwecken.«

»Zu andern?«

»Nun, es hat jemand ausgesprochen, der Mensch sei ein prügelndes Tier, danach muss man sich richten.«

»Oh, mich dünkt aber, niemand sei auf solche primitiven Kampfmittel weniger angewiesen als gerade Sie. Zwanzig Worte von Ihnen, eine einzige ironische Pointe, mit Ihrer leisesten Stimme vorgebracht ...«

Der andere hob seine wenig brutale Hand. »Recht falsch«, sagte er, »recht falsch. Logik ist gut, Erlanger, Vortrag ist brauchbar, Ironie

4

tut ihren Dienst. Aber im Grunde läuft doch alles auf das Körperliche hinaus, die Faust ist letzte Instanz. Politik, Guter, ist keine Sache des Denkens und des geistigen Wettstreits. Seien Sie überzeugend, seien Sie witzig, seien Sie sublim – da unten sitzen die, Leib an Leib, und hören zu mit einem Drittel Bewusstsein, und ihre Körperlichkeit murrt: dem möchten wir's zeigen! Man bändigt sie anders, Erlanger, wenn man sich seines eigenen Leibes sicher fühlt. Es ist lächerlich und beschämend. Aber es ist wahr.«

»Voltaire konnte nicht boxen«, sagte Doktor Erlanger.

»Darum hat ihn der Rittmeister Beauregard auch blutig geschlagen. Lassen Sie Ihre Kinder nur trainieren, Erlanger, wenn Sie einmal welche kriegen. Wenn ihr Juden einmal alle Bescheid wisst mit Kinnhaken und Uppercuts, dann wird es bald keinen Antisemitismus mehr geben, glauben Sie nur!« Und er blickte den jungen Mann brüderlich an.

Ihr Frühstück war beendet, der Aufseher mit der Schürze trug ab. Herr Carmer öffnete sein Briefpaket. Es enthielt Aktenstücke, Handschreiben und sehr viele Ausschnitte aus deutschen Tageszeitungen. Doktor Erlanger war hinter ihn getreten, willens offenbar, der Durchsicht stehend beizuwohnen; ein Stuhl wurde für ihn herbeigezogen.

»Das kann nur Tage noch dauern«, sagte der Mitlesende nach einer Weile. Stille dann wiederum. Mit dem Stift wurden kurze Weisungen notiert und das kommentierte Blatt dem Sekretär weitergegeben. Der schichtete es sorgsam zum Übrigen.

»Es kann unmöglich dauern«, sagte er von neuem. »Die Entschlüsse, die jetzt bevorstehen, werden die anderen nicht verantworten wollen. Man wird froh sein, vor der Entscheidung die Bürde weiterzugeben. Sie werden sich bereit halten müssen Herr Carmer!«

Stille. Ein Nicken. Ein Lächeln. Nun blieben die Zeitungsblätter noch übrig. Mit buntem Stift waren viele Stellen angekreuzt oder eingerandet, die nach dem Urteil der Einsender Beachtung verdienten. Mit rasch gleitenden Blicken unterrichtete sich der Geübte. Gäste betraten den Frühstücksgarten. Die beiden standen auf, reichten einander die Hand und trennten sich.

2.

Carl Ferdinand Carmer war unter der Republik dreimal Minister gewesen, einmal Minister in Preußen und zweimal Minister des Reichs. Seiner Laufbahn nach war er ein Richter. Er entstammte der Familie jenes Freiherrn von Carmer, der als Großkanzler König Friedrichs das Preußische Landrecht schuf, das erste moderne Gesetzbuch Europas und also der Erde. Die Linie des Hauses, der Ferdinand Carmer angehörte, war bürgerlich geblieben, obgleich ihr unter mehreren Königen die Nobilitierung leicht erreichbar gewesen wäre. In diesem Widerstreben sprach sich Selbstgefühl aus, ein Bürger- und Geistesstolz, der in der untadelhaften Verwaltung verantwortungsvoller Ämter sein eigenes, besonderes Patriziat sah und vererbte.

Namentlich Ferdinand Carmers Vater, Justizminister und dann Oberpräsident von Westfalen unter dem ersten Wilhelm, lebte in solcher Gesinnung. Seine Männer waren jene Patrioten, die dem siegreichen Preußenkönig rieten, sich nicht Kaiser, vielmehr Herzog der Deutschen zu nennen, da von äußerem Hoheitsprunk nur Überspannung und Gefahr zu gewärtigen sei. Er hatte auch die lauten Zeiten des Enkels noch erlebt, und Ferdinand Carmer erinnerte sich mit hellster Deutlichkeit eines Tages, da sie miteinander in Berlin einer Denkmalsenthüllung beigewohnt hatten, einer schmetternden und blitzenden Festivität, und wie auf dem Heimweg der Vater an Blüchers Standbild haltgemacht und mit der weißbekleideten Rechten hinaufgedeutet hatte:

»Dieser Herr da, nicht wahr, hat seinerzeit Preußen gerettet. Außerdem hat er die Welt von Napoleon befreit. Manche missbilligen das, aber Tatsache bleibt es. Nun, dafür hat er sein Denkmal. Aber weißt du auch, wie es bei so etwas zuging im alten Deutschland, im richtigen Deutschland? Da kamen in der Frühe zwei Arbeiter hierher und nahmen die Hülle herunter. Publikum war auch da, gewiss, drei Männer standen auf diesem Platz morgens um sechs: der Bildhauer Rauch, Hegel und Gneisenau.«

Ferdinand, der Sohn, war mit Hingebung Jurist. Es dünkte ihn schön, mit leisem Scharfsinn das geschriebene Gesetz nach dem Bedürfnis der mächtig sich wandelnden Gegenwart auszulegen und sinnvoll zu erhalten. In der späten Stille seines Arbeitszimmers an den Grundlagen von Staat und Gesellschaft mauernd, war er oft glücklich. Da er Zivilrichter war, blieben seiner Empfindlichkeit Verantwortungsnöte beinahe erspart. Als der Krieg losbrach, war er, ein Fünfunddreißigjähriger, Rat am Kammergericht in Berlin.

Unvermittelt, mit eisernem Zugriff, nahm ihm der Krieg alles Glück. Er nahm ihm, als erstes, die Frau. Seit einigen Jahren lebte er in einer wahrhaft seligen Ehe mit einer Tochter aus altem süddeutschem Kaufmannshause, einem geisteslebendigen, pikanten, heitern Geschöpf. Gleichzeitig mit ihm ging sie in jenem August als Pflegerin zur Front. Sechs Wochen später starb sie an einer Infektion; Carmer sah nur noch ihren entstellten Leichnam. Er wankte, er meinte nicht länger zu leben. Aber er richtete sich auf. Noch hob und trug ihn die Welle von heroischer Unvernunft, die alles Land überrollte. Zwei Monate später hätte er dem Schlag nicht widerstanden.

Denn dies war der zweite, für einen Mann seiner Art schwer tragbare Verlust; ihn brachten die Ereignisse um allen Frieden mit sich selbst.

Die Vernunft hatte nicht standgehalten! Alle lebenslang geübte Klarheit, Nüchternheit und Kritik war zum Teufel gegangen vor dem Anprall einer tobenden Stunde. Wie der Letzte und Dumpfeste, blind und taub, hatte er geglaubt und gewütet, mit hochrotem Kopfe – o ewige Scham! – hatte er auf einem öffentlichen Platz mit der fanatisierten Menge geschrien und die Arme geschwenkt, er, der doch wusste, was der Krieg bedeutete und wie er entstand: nicht aus einem Zusammenprall von Edelmut und Gemeinheit wahrhaftig, sondern aus ganz unheroischen Tatsachen von trister Greifbarkeit, über die man bunte Tücher deckte, um das Volk zu verführen. Das Volk, ja – aber auch ihn? Wie nahmen sich eigentlich die Worte Erbfeind, Blutsbrüderschaft, Rache aus im Munde eines, den seine Herkunft, seine Anlage, seine Erziehung zu Wahrheit und Klarheit verpflichteten! O ewige Scham! Nach Jahren noch kehrte die Vorstellung bei ihm wieder, dass der Tod seiner geliebten Frau Strafe gewesen sei für seinen Verrat am Geiste.

Die angestaute Erkenntnis brach hervor in ihm und wurde zum Entschluss an einem Nachmittag in Flandern, als er, für wenige Tage zurückgenommen von der Front, an einem Feldrain saß und ruhte. Ein Militärzug fuhr an ihm vorbei, der neues Kanonenfleisch heranrollte. An den offenen Schiebetüren der Viehwagen drängten sich die Gezeichneten und brüllten ihr Lied in die Herbstluft.

»Ganz so ist mein Gesicht«, sagte er auf einmal vor sich hin und wurde dunkelrot, obwohl er allein war. Er stand auf, er ging zur Abteilung zurück. Er hatte ein verbranntes, zerschossenes Dorf zu durchqueren. Vor einem wenig versehrten Hause sah er die angesengte, halbnackte Leiche eines Mannes liegen, an der ein hungriges Schwein fraß.

Er tat, was ihm Recht schien. Er warf die Waffe hin. Er meldete sich krank, mit einer Dringlichkeit, die Kopfschütteln hervorrief. Er ließ sich anfordern von seinem Gericht, er betrieb diese Anstalten mit solchem Eifer, dass er sich alsbald von den Offizieren gemieden sah.

Er fand daheim, was er jetzt wünschte. Der Posten als Präsident einer Strafkammer wurde ihm zugeteilt, Menschenschicksal in unmittelbarer Nacktheit ging Tag um Tag unabsehbar durch seine Hände. Auch als Verwalter der Wissenschaft pflügte er nun dieses Feld. Reform war nötig, Besserung war nötig; dies Strafrecht, das den Eigentumsschädiger grausam büßte, aber den Rohen, den Herzensbösen wenig bedrohte, das in Gespinste persönlichster Lebenshaltung dumm täppisch hineingriff und Leben verwirrte statt Leben zu schützen – es sollte die Generation nicht mehr beleidigen, die aus dem Elend dieser Jahre hervortauchte.

Carmer arbeitete mit gewaltiger Energie, mit doppelter, weil so allein die Einsamkeit seines verödeten Hauses ertragbar wurde. Er fand Beachtung, er erweckte ein Echo weit über den Ring der Berufsgenossen hinaus. Denn mit währendem Kriege schärfte sich in mancher Schicht das soziale Gewissen – ein Ergebnis halb dumpfer Angst, halb einer durch ertragenes Leid gesteigerten Fähigkeit, mitzufühlen. Diese Aufsätze nun eines hohen Richters, eindringlich, klar, voller Kenntnis, Sagazität und einer Menschlichkeit, die sich zuchtvoll noch das geringste Pathos versagte, wurden begierig aufgenommen und von der Tagespresse diskutiert. Man nötigte ihren Urheber, als das Schreckensende schon näher drohte, zu persönlichem Hervortreten. Sein vom Geist und vom Leid gekerbtes Gesicht, die glänzende Trockenheit seiner Rede prägten sich ein. Die Partei des bürgerlichen Fortschritts versicherte sich seiner. Der Nationalversammlung, dem ersten Reichstag gehörte er als Mitglied an. Im dritten Jahr nach dem Umschwung legte er sein Richteramt nieder und tat seinen Schritt zur entschiedenen Linken. Man begann ihn zu hassen, zu beschimpfen, zu verdächtigen, zu bedrohen – so dass er schon nach kurzer Laufbahn zu staatsmännischer Tätigkeit auf deutsche Art völlig legitimiert erschien.

3.

Carmer ging seinen täglichen Weg. Er hatte ihn nicht einmal versäumt in den nahezu drei Wochen, die er nun hier verweilte.

Er ging die Gasse hinunter, über den Platz, vorbei an der uralten Erztür der Kathedrale, er durchquerte den Ort und stieg jenseits hinan, um zur Villa Cembrone zu gelangen. Seltsamer Weg, erregend immer von neuem! Dies Ravello war ein Ruinengrab, über dem dürftiges Leben sich rührte. Was heute nicht mehr war als ein Dörfchen, nach Menschenzahl und Bedeutung, das war einst eine mächtige Stadt gewesen, beherrschend rundum gelagert auf der Bergkuppe, Residenz eines Bischofs und großer üppiger Herren. Volksmäßige maurische Bauten waren geblieben, aus schwarzem Tuffstein alles, schwach besiedelt, verwahrlost, verfallen; von den Wundersitzen aber jener Afflitti, Castaldi, Ruffoli, mit ihrer alhambrischen Pracht, ihren sarazenischen Saalfluchten, ihren Lusthöfen, Fontänen und Marmorbassins nichts anderes mehr übrig als die Gärten voll tobender Blütenfülle, eine stehengebliebene Marmorwand einmal mit zierlich enggeordneten Säulchen, ein Bogen, als Hufeisen köstlich geschwungen, gefüllt mit Myrte und Lorbeer, das abgesprengte Stück von einem Brunnenrand.

Dies alles war schön und war seltsam; es war nicht das, was er liebte. An jedem Morgen stieg er zu jener Höhe hinauf.

Eine Art Treppenweg führte hin, schmutzig, schlecht gehalten auch er. Vor den Häusern aus Tuff spielten Kinder, halbnackt, im sonderbarsten Typengemisch, so dass man zurücksank durch die Jahrhunderte und es einem taumelig, traumhaft zumute werden konnte. Knaben waren da, die aussahen wie Beduinen Nordafrikas, ein schlankes Dirnchen zeigte Stirn und Haaransatz der hergeruderten Hellenin, wieder eins trug einen Helm aus goldenem Haar, vom normannischen Urahn leuchtend überkommen. Und in manchem Gesichtchen stieß das alles zusammen: die ganze wirre Geschichte dieses fruchtprangenden Küstenstrichs mochte man aus ihm ablesen, dem die Völker Europas und Afrikas nacheinander, miteinander, verlangend ihre Schiffsschnäbel zugekehrt hatten. Sie waren fröhlich und freundlich, die vorzeitlich Gemischten. Sie kannten den Fremden, der allmorgendlich ihre Gassenstufen erstieg, viele grüßten. Bald war er außerhalb.

Die Sonne wütete schon, als er zur Villa Cembrone gelangte. Das Haus blieb zur Linken, und langsam, in wieder neuer Vorfreude, durchschritt er den langen Rebengang, der quer durch den Garten läuft. Zu seiten war alles voll von aufbrechenden Rosen und Hortensien. Er atmete ihren Duft, aber er sah sie nicht, er blickte geradeaus, dorthin, wo die Pergola abbrach und dem Auge sich nichts weiter mehr bot als ein Abgrund von Bläue. Ihm schlug das Herz. Er zögerte noch. Er trat hinaus.

Das Belvedere Cembrone ist eine breite und lange Terrasse, am Rande des Berges, ungeheuer hoch überm Meer. Zwei Marmorbänke standen da. Carmer trat vor an die Balustrade. Nie war dies auszuschöpfen. Schöneres gab es nicht auf dieser Erde – nicht für ihn. Oh, dass er wusste um diesen Ort! In frühen Jahren einmal war er hier gewesen, und der Jüngling hatte es köstlich gefunden. Nicht so unvergleichbar aber, wie es sich mit werdender Reife seiner Seele darstellte. Er war gereist, wie heute alle reisen. Aber mit jedem Jahre hatte er deutlicher gewusst, dass dies hier, dieser Ort, genau dies, dieser Marmorbalkon von fünf Meter Breite und zwanzig in die Länge, die wahre Heimat seines Herzens sei. Nun kam er her, Tag um Tag. Nur für diesen Fleck Boden war er so weit gereist. In den Nächten wachte er auf, unruhig vom Glück einer bevorstehenden neuen Heimkunft am Morgen.

Großer, gewaltiger, herzläuternder Ausblick von dieser Terrasse. Tiefer Absturz, schwindelnd tief, über Hänge voll Wein, Maulbeer und Feigen, gleiche Hänge nahehin zur Rechten, zur Linken, bronzebraunes Gebirge sodann, vortretend, umfangend, umschließend, wieder sich weitend, und zwischen ihm, licht und leicht ins Grenzenlose sich öffnend, die Bucht. Eine Meerbucht, sonnenleuchtend, sonnensatt, von einer Bläue, die hier zum Purpur sich aufhebt und dort zu violetten Tiefen sich sänftigt, satt, satt, nicht trunken machend, nicht sehnsuchterweckend, sondern Friede atmend, Gewissheit und Dauer. Nirgends am lichtschimmernden Himmel eine einzige Wolke, kein halber Ton, nichts Zweifelhaftes, eindeutig jede Linie, jede Färbung, alles ganz Klarheit, ganz Leben, ganz Diesseitigkeit. Oh, hier stehen und den ruhigen Blick aussenden nach rechtshin, ihn folgen lassen dem reinen Umriss des Festlands, langsam, langsam zum Cap Licosa, bis er einbiegt zum Golf von Policastro und so dem Auge entschwindet. Haltmachen aber inmitten des Wegs, wo deutlich herscheinend im hellen Tage in Paestum der Griechentempel steht, Poseidons Wohnhaus am Meer, dessen Stufen er triefend emporsteigt. Den Horizontbogen umreisen sodann mit dem Aug und Capri erreichen zur Rechten, das felsig sich aufhebt, Inselsitz der Sirenen, sich am festländischen Kap gegenüber den Zauberstuhl der Kirke. Denn ringsum hier war fabelhaftes homerisches Land, aus dieser Bläue waren die ewigen Schiffermärchen aufgestiegen, früheste Vollendung abendländischer Poesie. Auch über ihnen kein Wolkenschatten der Ungewissheit, alles klar an ihnen und rein, fester großer Begriff, alles Figur, umrissen und gültig, Mittelländisches Meer, leuchtende Wiege alles Rechten und Schönen, das uns noch tröstet, von Wein und Feigen umfangen!

Wein und Feigen. Er musste lächeln. Ihm fiel ein, was er vor Zeiten einmal gelesen hatte: dass jetzt noch in einigen Sprachen des Nordens aus normannischer Südzeit ein Wort fortbestehe, das vom Verlangen nach Feigen sprach: figiakasta, dass aber die Isländer, die es im Munde führen, seinen frühen Sinn nicht mehr kennen und jede Art von Sehnsucht damit meinen. Ja, hier war alle Sehnsucht gestillt. Hier war man am Ziel. Hier gesundete das Herz von aller Wirrnis, von aller Dumpfheit, die über dem gequälten Erdteil lag, von aller unsaubern, stickigen Schwärmerei, von allen Pulverdünsten und Kirchendünsten, die in der Heimat unter dem bleiernen Himmel das Atmen erschwerten. Nichts davon reichte an diesen Ort, kaum mochte man hier sich erinnern, dass weit im Norden ein geplagtes, dunstiges Reich lag, in Krämpfen sich wehrend gegen Asien, das herandrang mit schneidender Heilslehre, und gegen das friedenlos Kolossale von jenseits des Ozeans. Hierher drang kein Erlösungsschrei vom tausendjährigen Reich und hierher nicht der leere Lärm einer eisendröhnenden Neuen Welt. Schauen und atmen und da sein, mit Würde und Heiterkeit seinen Lebenstag durchschreiten, einfach sein einfaches Werk tun, Mensch sein, sonst nichts, kein Schwärmer, kein Träumer, kein Tier, das seines Leibes sich schämt, kein Adept des Abgrunds und nach dem Riesigen ohne Gier, kein Brünstiger, der nicht die Gegenwart kennt, kein Knecht der Idee, kein Hassender – o stillende Frucht und kräftiger Wein und heilende Südluft!

4.

Der nächste Tag war ein Sonntag. Carmers Aufenthalt näherte sich
dem Ende. Die Rückkehr nach Deutschland war nötig, und zudem
telegraphierte aus Paris Achille Dorval und wünschte das Datum ihrer
Zusammenkunft festzusetzen. Sie sollte an der französischen Südküste
stattfinden, in Cannes: Carmer fügte sich darin der Neigung des viel
Älteren, der sein Land ungern verließ.

Sie kannten einander von mehreren Konferenzen her und sie
sympathisierten, man hatte in Paris die Hand am Puls der deutschen
Politik, die Regierungsänderung im Reiche galt als sicher bevorstehend,
an Carmers neuem Hervortreten konnte dabei kein Zweifel sein. Der
französische Staatsmann wünschte lebhaft, ihn noch zuvor, noch ohne
offizielle Erschwerung, zu sehen. Mit Zähigkeit strebte sein vorurteils-
loses Alter dem großen Ziele friedlicher Sicherung zu. Hier war das
Erbe, das er zu hinterlassen hoffte.

Carmer hatte seine Abreise schon zweimal verschoben. Cannes –
das bedeutete eine Frist von Tagen und jenseits, unmittelbar, lag die
Heimkunft, nach der sein Verlangen gering war. An jedem Morgen,
wenn Doktor Erlanger hinter ihn trat, um die angelangte Briefschaft
gemeinsam mit ihm zu prüfen, spürte er nicht ohne Gewissensqual,
dass sein Widerstreben aufs neue gewachsen war.

Heimkehren also wieder in diesen Braukessel trüb schäumender
Böswilligkeit, der sich deutsche Politik nannte, langsam sich wieder
mitdrehen im übel gemischten Brei; bei öffentlicher Tagung die abge-
standenen Phrasenreste beschwingterer Vorzeiten schmecken müssen,
hinter verschlossenen Türen aber das ängstliche Gezänk von Philistern,
die an ihren nächsten schäbigen Vorteil denken. Nie ein männlicher,
gerader Impuls, nie ein Wort, das aufstieg wie der Rauch am klaren
Tage; in der eigenen Partei, bei der sein Herz doch hätte ganz sein
müssen, viel dürftiger Beamtengeist, Kleinbürgerei und Scheu vor der
eigenen Courage; die wenigen denkenden und kräftigen Gefährten
vor der Zeit abgenutzt, bedrückt und zerrieben.

Und um einen das Volk, diese sechzig Millionen, Herzstück des
Erdteils, ewiger Mutterschoß der Idee, der Musik und innigster
Dichtung, aber von einer beispiellos finsteren und schmerzhaften
Geschichte als öffentliches Wesen verdorben und verfälscht, so unfähig,

Leib seiner reichen Seele zu sein, so unkund seiner selbst, so kindisch, dass es jedem schielenden Schmeichler anheimfiel.

Nichts ließ es sich in seiner Unsicherheit lieber bezeugen, als dass es allein das Volk aller Völker sei, ausersehen unter den Nationen, umringt von Pfauen und Tigern ganz allein treu, rein, tapfer, fromm, wahrheitsmutig und seelengroß. So weit ging sein Hang zu romantischer Selbstbetäubung, dass ihm jeder recht war, der mit einem Schwall herkömmlich dunstigen Geredes sich selber als Heiland und Symbol der Volkstugenden empfahl: der krakeelende General war ihm recht, der eitle Konjunkturmystiker war ihm recht, sogar der profitwütige Nurverdiener war ihm recht, wenn er bloß den blutarmen Hang nach dem Kolossalen zu befriedigen schien und seinen Riesenladen mit nationalfrommen Spruchtafeln austapezierte.

Blickte man aus südlich heiterer Ferne auf dies wolkenüberhangene Vaterland zurück, so schien es einem, als sei der Himmel dort von allen den aufgestiegenen Phrasen und nebelhaften Halbgedanken so trübe und undurchsichtig geworden. Ach, wer sollte Lust haben zur Rückkehr! Wer sollte nicht wünschen, das alles dort zu vergessen, und, wenn er dort lebte, eben einsam zu leben, in der eigenen Wahrheit, im verschlossenen Hause.

Hielten es denn nicht alle so, die etwas taugten im Lande? Es war zur Seltenheit geworden, dass ein Mann von Ernst und geistigem Stolz in Deutschland Politiker war. Mit Spott und Missachtung sahen alle dem dunstigen Treiben zu, oder vielmehr sie sahen nicht zu, sie kehrten sich ab und ließen das Feld dem Gezücht.

Und darum eben waren Carmers Tage hier unten gezählt. So unmöglich es war, mit dem Gedanken an Flucht, an Einsamkeit im Geiste nicht immer wieder zu spielen, so unmöglich war diese Fahnenflucht selbst, fort von der guten Sache der Aufrichtigkeit und des humanen Willens: zu klein war das Häuflein der Streiter. Dies war nun also der letzte Sonntag. Er war früher hinaufgestiegen zur Höhe als sonst, und wie er zurückkam, setzte er sich, einziger Gast, vor das ärmliche kleine Café, der Erztür der Kathedrale gerade gegenüber. Dies war allsonntäglich sein Posten um diese Stunde. Er blickte dann hin über die Piazza, die ganz leer dalag, weil alles beim Gottesdienst war im uralten romanischen Tempel, und wartete auf den Augenblick, da drinnen die Orgel zum Schlussakkord aufbrauste, langsam die gewaltige Türe sich auftat und das ganze Städtchen, festtäglich angetan, hervorströmte und sich anschickte zum Schaugang. Man durchblickte dann die Kirche bis hinauf zum Altar. Es war niemand mehr da. Nur der Sakristan ging hin und wider und löschte die Kerzen. Zur Rechten sah man aus schwarzweißem Marmor die Kanzel, sah die zierlich gewundenen Säulen, auf denen sie ruht, die heiteren Löwen, auf denen wieder die Säulen ruhen, und in der Höhe porphyren und prunkend den Adler, der das Lesepult trägt. Aber blickte man hin über den sonnigen Kirchplatz, so war es erquickend, mit wieviel Form, mit wieviel heiterer Würde sich das Völkchen in seinem Corso bewegte, niemand war laut, niemand frech, niemand linkisch, noch in diesem vergessenen kleinen Gemeinwesen wurde ein Talent zur Gesellschaftlichkeit reizend erkennbar, von dem man dort in der ungestalten, gebärdenlosen Heimat nichts wusste.

Heute war alles ganz anders. In der Frühe, beim Fortgehen, hatte er nichts bemerkt, aber nun, wie er dasaß bei seinem Eisgetränk und auf die frommen Laute hinter der Erztür lauschte, sah er die leere Piazza verändert. Sie war dekoriert.

Es wirkte gespenstisch. Von allen Seiten schaute das Bildnis her, sechsmal, achtmal starrte es von großen grobgedruckten Plakaten, beim Bäcker verdeckte es ganz das Schaufenster, so dass man drinnen gewiss nichts mehr sehen konnte, Carmers Rücken durchbohrte es von der Mauer des kleinen Cafés, ein ungeheures hing vom Stadthaus herab, und zwei flankierten sogar die Tür der Kirche, altrömisch das erste, mit angedeuteter Toga, das andere im Stahlhelm der Blutjahre, aber drohend ein jedes, mit eckigem Umriss, mit düsteren Augen, gefalteten Brauen, zugepresstem Mund, das Weichliche, Schwache künstlich wie vor dem Spiegel versteckt, alles ganz Fassade, ganz Willensschauspiel, ganz mühsames Denkmal: der Herr der Herren, der Fürst über Leben und Tod, der Übercäsar – der Renegat und Bramarbas.

Carmer hatte bisher von der Seuche nicht viel zu spüren bekommen. Der Hochmögende dort in der Toga war Geschöpf und Beauftragter der großen Fabrikherren im Norden, ihnen hatte er das aufsässige Heer ihrer Arbeiter gefügig gemacht, zum Segen der Produktion und der Kasse. Dort im industriellen Bezirk und dann in Rom, seiner Residenz, war seine Herrschaft in Flor und manifestierte sich tobend. Langsamer gewann man den Süden, wo das Volk lässig war, unbekümmerter, zum Spott sehr geneigt, und wo wenig Industrie war, die zahlte.

Was war man nicht alles gewesen im neapolitanischen Land, ohne sich weiter zu rühren! Gutes Regiment hatte man erfahren und viel öfter liederliches und schlechtes. Normannisch war man gewesen, sarazenisch und staufisch, französisch von Gnaden der Anjous und spanisch unter den Vizekönigen, österreichisch dann, französisch wieder und endlich italisch unterm Hause Savoyen. Die Sonne schien immer, Mandel wuchs, Feige und Wein, und es war einem wohl in der Armut. Das sollte nun enden. Man griff herunter aus Rom mit dem gepanzerten Arm, mit Werbezügen und Glorie. So etwas war heute im Werk. Fahnen hingen herum, Girlanden waren ausgespannt, Spruchschilder riefen die Losung des Tages aus, eine kleine Rednerbühne war aufgezimmert. Nun, er musste dies schwerlich hören und ansehn! Man brauchte ja leider nicht zu reisen, um solche Art Knechtslärm mitzuerdulden. Er legte sein Geld aufs Tischchen.

Da aber erbrauste zum Schlussakkord drinnen die Orgel, die Gläubigen begannen zu strömen, und im gleichen Moment, Schlag auf Schlag, marschierten aus den Seitengassen die Züge hervor. Betont sich zurückhaltend, mit einer Verneigung vor der andern, älteren Macht, hatten sie während des Gottesdienstes den Kirchplatz leer gehalten, nun aber, mit Präzision, auf prompt gegebenes Kommando, rückten sie vor, um mit ihrer Heilslehre zu empfangen, was aus den Armen der andern Lehre kam.

Kriegerischer Aufmarsch, Musik, die Hymne, Heilrufe, schräg aufwärts geworfene Arme, die Rom nachäfften, wie alles Rom nachäffte an der uniformierten Schar: selbst ihre Backen noch trugen sie römisch gefaltet, von den Halbgottplakaten ringsum grimmig belehrt.

Heute war kein Corso. Ravello feierte sein Waffenfest. Ach, diesem Aufwand widerstanden sie nicht. Sonntäglich gestimmt, für die Abwechslung dankbar, hörten sie gerne die Hymne an, die von Jugend und aber Jugend schrie, obgleich ihr Zuruf dem Ältesten und Abgelebtesten in der Welt galt, sie erlagen, südliche Kinder die sie waren, der militanten Geste, sie warfen die Arme nach vorn, sie stimmten ein in das Lied, schüchtern zuerst, denn sie kannten den Text nicht, dann aber, da ewig die gleiche Strophe erklang, lauter und fröhlich, bald sang der ganze Platz, die Front der Schwarzuniformierten löste sich auf, es begann die Vermischung, wieder und noch einmal die

Hymne, ein Kommando dann, Stille, und es betrat die primitive Bühne der Redner.

Ja, das hatte Carmer recht häufig gehört. Ein bitterer Ekel, ihm so vertraut, brannte ihm schon bei den ersten Sätzen im Schlunde. Er hätte dem Armseligen dort einsagen können.

Ja – Kraft und Waffen und Macht, und die herrlichste Rasse und das angestammte Recht, und der Tag, der nun anbrach, und das neue Geschlecht und die Vorherrschaft über den Erdteil! Und fort mit der Freiheit! Neue Bindung, die eigentlich höhere Freiheit war! Und wer sich da wehrte, der wurde zermalmt, und die Adler der Legionen überflogen Gletscher und Meere, und Raum braucht der Tüchtige, Raum! Und wir sind jung und die andern sind alt, und was jemals Großes geschah auf dem Erdball, das haben die unsern getan, denn alle waren sie immer die unsern, die großen Heerführer und die großen Fürsten und die großen Künstler, alle, alle die unsern! Christus sogar war ein Italiener. Und wir sind rein und wir sind treu und wir sind edel und wir sind fromm und wir sind bieder und wahrheitsmutig und seelengroß. Und überall draußen, da ist der Verfall und faule Genusssucht und Barbarei, die versinkt. Italien, Italien!

Und als der Redner geendet hatte, der ein runder, schwitzender Spießbürger war, da jubelten alle, vermischt wie sie dastanden mit der schwarzuniformierten Reklametruppe. Da waren sie alle reine, auserwählte Italiener, und allen schlug das Herz unterm Sonntagshemd im Triumph, dieser einzigen Rasse anzugehören – allen, wie sie dastanden, mit hellenischer Stirn und arabischen Augen, mit normannischem Blondhaar, mit spanischen Nasen. Oh, es war ein gesegnetes Fest, und wenn zweitausend solcher Feste ihre Wirkung getan haben würden, dann kam für die mailändische Industrie auch der glorreiche Tag, an dem die Legionen über den Mont-Cenis und den Brenner marschierten und der jenseitigen Industrie beibrachten, was altrömische Tugend und Herrlichkeit ist!

Carmer stand auf und erreichte auf einem Umweg seine Bischofswohnung. Es war doch wohl am Ende gleich, wann er reiste, ob in zwei Tagen, ob heute. Während er die Depesche nach Hause und die für Dorval niederschrieb, stellte er mit einem Lächeln bei sich fest, dass er sich auf die Begegnung freute. Doktor Erlanger wurde benachrichtigt. Sie fuhren am Mittag.

5.

»War nicht sein Weg umgekehrt wie der Ihre? Sie, Herr Carmer, standen nach Herkunft und Amt bei den Erhaltenden, und Sie haben sich denen zugesellt, die kämpfen müssen. Aber Achille Dorval war Sozialist – und was für einer! Diese Fahne hat er als Staatsmann verlassen.«

»Sie haben dem Anschein nach recht, Erlanger. Und was für einer, sagen Sie. Ja, ein flammender Sozialist. Als ganz junger Mensch hat er so begeisternd den Generalstreik verteidigt, dass ihn seine Genossen beim großen Verbrüderungsfest gleich zu ihrem Ehrenhaupt ernannten. Niemand hat eindringlicher gegen den Krieg gepredigt ...«

»Das will ich meinen! Ich habe seine alten Reden gelesen. ›Wenn wir den Befehl bekommen, auf Fremde, die uns nichts getan haben, zu schießen, so richten wir die Gewehre anderswohin!‹ Und dann ist er doch Minister gewesen während des Krieges.«

»Aber im zweiten Jahr schon hat er über den Frieden verhandelt, und der unbiegsame Alte mit dem Mongolengesicht hat ihn gestürzt. Nein, Erlanger, denken Sie nicht, dass ich Ihnen recht gebe. Er ist ein Mann und ein Greis geworden, er hat die Macht über Volk und Zeit gewollt und erlangt, er ist Umwege gegangen, er hat paktiert und Kompromisse geschlossen und gewartet, wie einer, der vor sich die Ewigkeit hat. Aber er ist einer Idee treu geblieben, der einfachen Idee der Gerechtigkeit und der Freiheit – die er nicht untersucht, die er nicht kritisiert, an die er ganz einfach glaubt und glauben will. Es kommt sehr oft für einen Mann darauf an, dass er sich schlichter erhält, als er seinem Verstand nach sein müsste.«

»Ich begreife«, sagte Doktor Erlanger.

»Sie werden es völlig begreifen, Sie werden es körperlich spüren, wenn er vor Ihnen steht. Jene einfache Idee hat seine Augen so klar gehalten, ach, man muss vielleicht als Franzose geboren werden, um so glücklich zu sein.«

Die Nachtfahrt lag hinter ihnen. Schlafend waren sie die tyrrhenische Küste hinaufgetragen worden, nun umfuhren sie im hellen Mittagslicht den Nordrand dieses Meeres. In reinem Kontur zog sich die felsige Küste an den freudigen Fluten dahin. Da sie vielfach sich bog, sah man immer, woher man kam und wohin man eilte. Der Eisenstrang führte so nahe am Wasser, dass Brandungswellen mit ihrem Gischt den Waggon besprühten.

»Ja, er ist glücklich«, wiederholte Carmer, »ihn hat das Schicksal beschenkt. Wie leicht scheint ihm alles zu werden! Ich glaube, er liest niemals ein Buch, und Akten – o nein. Seine Hand ist unwillig, anderes herzugeben als seine Unterschrift, und mit der ist er sparsam. Kein Mensch kann so wenig Beamter sein. Seine Feinde nennen ihn pathologisch faul. Wer ihn in seinem Ministerium aufsucht, der kommt da in einen großen eirunden Saal mit schönen Gobelins an den Wänden. Ein paar Sessel stehen da, sonst nichts als der Schreibtisch, vollkommen leer, ich glaube, nicht einmal ein Tintenfass ist aufgestellt. An diesem Schreibtisch, ironischerweise, sitzt er und raucht seine Zigaretten. Mitunter kommt ein Beamter und hält Vortrag. Das darf nicht länger dauern als zehn Minuten. Dann nickt er, sagt nichts und bleibt wieder allein. Nach einiger Zeit geht die Glocke, man findet ihn, wie man ihn verlassen hat, und er gibt den Entscheid. Wird er gestürzt und ein neuer Herr zieht ins Palais, dann nimmt er Hut und Stock und geht hinaus. Mehr ist nicht fortzuräumen.«

»Er kommt ja auch bald wieder.«

»Allerdings. Wie oft mag er Minister gewesen sein in diesem Vierteljahrhundert? Zehnmal? Zwölfmal? Jedesmal braucht er nur da fortzufahren, wo er aufgehört hat. In der Zwischenzeit ist ja doch nicht viel Vernünftiges geschehen. Und er hat nichts vergessen. ›Ich habe ein Gedächtnis wie der römische Redner Hortensius‹, hat er zu mir gesagt, ›ich kann nichts von allem vergessen, was ich einmal gehört habe. Das mit diesem Redner zum Beispiel, ich muss es noch aus der Knabenzeit haben. Hortensius, ein Name für einen Gärtner!‹ Das ist so seine Art zu sprechen.«

»Nur begreife ich eines nicht«, sagte Doktor Erlanger. »Gute Kenner des internationalen Geschäfts nennen ihn unwissend. Wie verträgt sich das mit diesem Wundergedächtnis?«

Carmer lächelte. »Ja«, sagte er, »das stammt von ihm selbst. ›Ich weiß gar nichts‹, ist sein drittes Wort, im vierzehnten Jahrhundert hätte man mich angestaunt, aber für unsere Tage bin ich zu unsystematisch, heute gilt der Fachmann!‹ Man muss ihn gesehen haben, wenn er den Ausdruck gebraucht. Er meint nichts Freundliches damit.«

Er schwieg und blickte über das Ligurische Meer hinaus, das im Mittagslicht flirrte und tanzte. Dann kehrte sein Blick zurück; er deutete auf die Zeitungen, die auf der Polsterbank lagen. »Dorval hat recht«, sagte er. »Fachleute werden den Erdteil nicht heilen. Fachleute sind dazu da, um alles Elende, was geschieht, zu rechtfertigen und dauernd zu machen. Sie foltern in Rumänien, die Fachleute, sie hacken in der Türkei von Rechts wegen Arme und Beine ab, in Italien verbannen und schlagen sie tot, sie hängen in Russland. Noch im Kleinsten verhindern sie alles Notwendige und Gute. Da … welch ein Unsinn!«

Man hielt. Der französische Grenzbeamte stand in der Tür des Abteils und forderte ihre Pässe.

6.

Als sie ins Hotel kamen, war Achille Dorval noch nicht da. Er war auch nicht angemeldet. Hinter dem Empfangstisch flüsterte man und betrachtete die Nachfragenden mit großen Augen. Sie fuhren zu ihren Zimmern hinauf.

Die Stunde der Abendmahlzeit kam, sie ließen auftragen. Carmer, nach seiner Gewohnheit, aß karg, aber er sprach auch beinahe kein Wort. Doktor Erlanger beobachtete betrübt diese Verdüsterung.

»Mein Gott«, sagte er, »was wird es sein! Ein Missverständnis. Eine unaufschiebbare Arbeit in der letzten Minute. Eine kleine Verspätung.«

»Er dürfte sich nicht verspäten.«

»Er weiß Sie in den Ferien, und er selbst ist so eingespannt: Noch gestern hat er in der Kammer gesprochen.«

Carmer nickte nur. »Ich weiß, dass es Unsinn ist«, sagte er endlich, »Sie haben vollkommen recht. Aber die öffentliche Meinung der Welt hat uns Deutschen zu übel mitgespielt. Jeder von uns ist überempfindlich, ist förmlich hautlos geworden.« – »Herrn Dorvals Meinung ist Ihnen doch genugsam bekannt. Wer von Ihnen beiden hat sich denn um diese Zusammenkunft so eifrig bemüht!«

»Ich sagte Ihnen ja schon, dass Sie recht haben. Einem Engländer, einem Bulgaren meinetwegen, würde es gar nicht einfallen, hier schlechter Laune zu werden. Er wäre über den pflichtenlosen Abend vergnügt und würde sich unterhalten.« – »Das sollten wir auch tun. Ich möchte Sie gar nicht gern Ihrer Verstimmung überlassen.«

»Nochmals vernünftig. Kleiden wir uns um.«

Als sie die Hotelhalle betraten, war sie menschenleer. Die weitgeöffneten Türen des großen Speisesaals ließen ein Bild eleganter Verwüstung sehen. Essensdunst lastete wolkengleich über den zerwühlten Tischen. Die Kronleuchter waren gelöscht. Die Blumen der Tafeldekoration starben als Kehricht. Kellner in Hemdsärmeln hantierten.

»Ja«, sagte der Empfangsherr, »man diniert zeitig bei uns, und man diniert schnell. Ich bin das fünfte Jahr hier, und jeden Winter begibt man sich eine Viertelstunde früher ins Kasino.

Dort stellt man sich so unfehlbar ein wie der Soldat beim Appell.« Und er lächelte wie der Theatermeister, der Bescheid weiß hinter der Mechanik der menschlichen Leidenschaften.

Auch draußen, in paradiesischer Sternennacht, kein einziger Mensch. Das Meer rauschte gegen den verödeten Damm.

»Wenn man zu dieser Stunde auf dem Großen Sankt Bernhard spazieren geht, kann man nicht gut einsamer sein«, sagte Carmer.

»Bis auf die dort.« Und Doktor Erlanger wies nach der spiegelnden Fahrbahn, auf der als Nachzügler noch Autos daherschossen, mit tiefem Summen, warnend aufschluchzend auch einmal, flachgestreckte, mächtige Wagen allesamt, im Innern strahlend erleuchtet. Man sah einen weißen Pelz, einen Agraffenblitz.

Das Kasino, am Ende des Spazierdammes, strahlte aus riesigen Fenstern. Während Carmer und sein Begleiter vor der Garderobe zu warten hatten, blickten sie zur Linken eine offene Treppe hinunter in das Nachtrestaurant. Urwaldmusik scholl herauf, eine Art tiefes Heulen im Charlestontakt, schwül und traurig, von Pfiffen und Aufschreien, wie die Nacht von Blitzen, durchzuckt und zerrissen. Zweimal aber, während sie standen, stieg eine süße, heimwehkranke Melodie aus dieser Dumpfheit hervor, dunkel beginnend, zu hellster Höhe sich öffnend: die unheimlich echte Nachahmung einer Frauenstimme durch ein Saxophon, ärgerlich beinahe, dennoch herzversehrend. Sie legitimierten sich und betraten, zur Rechten, den Spielsaal.

Es herrschte Kirchenstille. Unveränderliche, geheiligte Rufe nur der zelebrierenden Croupiers, trockenes nachhalloses Klappern des Dienstgeräts aus Holz und Galalith. Im vordern Raume, darin es um Geringeres ging, vielleicht noch manchmal ein Flüstern, im Allerheiligsten aber vollkommene Starre der Versunkenheit. Im Abendanzug und großen Kleide saß man und erwartete, auf seiner Reise um den jovialen Tisch, das Behältnis mit den Karten.

In diesem Spiel erscheint ja die geistige Tätigkeit auf ihr endgültiges Minimum zurückgeführt. Es wird nur verlangt, dass man bis zehn zählen könne. Ein dressiertes Tier könnte mitspielen. Alle Tische waren dicht besetzt und von Schweigenden dicht umlagert.

Einer aber war da, der größte und feierlichste, abgesondert durch eine Schranke, von Dienern mit Amtsketten majestätisch betreut, da saß inmitten auf erhöhtem Stuhl der Bankhalter, anonymes Werkzeug seines Konsortiums, und teilte nach rechts und nach links hin unaufhörlich die Karten. Hier brauchte niemand zuwarten, hier war immer das Glück gegenwärtig. Geschichtete Berge der farbigen Marken lagen vor dem Thronenden. Der Monatsertrag eines Bergwerks, der Anteil an einem Schiff, eine Tee-Ernte glitten über das Tuch. Niemand zeigte ein gerötetes Gesicht, niemand lächelte.

Sakraler Stumpfsinn herrschte. Der Hochstapler, der Spieler der sein Letztes wagt, belebende Darsteller sonst auf dergleichen Bühnen, sie fehlten. Sie wagten sich nicht hierher. Die großkapitalistische Gesellschaft war unter sich. Nordamerika und England überwogen; man sah den Herrn argentinischer Herden, den Kaffeemagnaten aus Rio und aus Amsterdam, Überbleibsel des reichen europäischen Adels. Männliche Jugend fehlte – weibliche war da, aber sie bezauberte nicht, sie verlockte hier keinen, obwohl die Kleider von Molyneux und Patou durch idolhaften Schmuck herrlich aufgehöht waren. In einem mathematischen Seminar konnte die Luft nicht weniger sinnlich sein. Ein abstrakter, ein eisiger Wind wehte.

Dies Cannes, an dieser Südküste, war zu dieser Stunde der eleganteste Ort der Erde. Hier hatte man an festgelegtem Datum zu erscheinen, um seine Zugehörigkeit darzutun. Die gesellschaftliche Kontrolluhr ließ sich nicht täuschen. Cannes war dieser Saal.

»Amüsiert es Sie, Erlanger?« fragte Carmer. »Soll ich Ihnen aufzählen, wer da herumsitzt. Oder wollen Sie mittun?«

»Aber um Gottes willen, Meister, ich bin arm. Und finden Sie denn, dass es einem Lust macht?«

»Lust? das ist hier ein seltsames Wort. Nein, nach Lust sieht das alles nicht aus. Hier schleicht ja der Tod im Schlafrock um die Tische.«

In diesem Augenblick tauchte ihnen gegenüber, auf der andern Seite der Millionentafel, ein spitzbärtiger Herr in mittleren Jahren auf. Er grüßte Carmer. Er war im Abendanzug wie alle Welt. Er hatte eine große Glatze, sehr feine Züge und ein liebenswürdiges Lächeln.

Er spielte nicht, er schien nur freundlich zu beobachten. Es war Ustrjalow, der Sowjetkommissar.

Sie verließen den Spielsaal und streiften durch den weitläufigen Amüsierpalast, durch Bars, Tanz- und Konzerträume, vorbei an den Türen des eingebauten Theaters, die sich eben zum langen Zwischenakt auftaten, und standen dann von neuem in der Eingangshalle, vor jener breiten offenen Treppe.

Sie waren ohne Ziel, zudem scheute sich Carmer vielleicht vor der enttäuschenden Einsamkeit seines Hotelzimmers, so stiegen sie hinab. Die Negerkapelle exekutierte soeben wieder jenes dumpf heulende Getön mit seinen Pfiffen und Aufschreien, welches das Stück der Mode zu sein schien. Wie eine Parodie aller Sehnsucht stieg aus wilder Wirrnis die süße, heimwehkranke Frauenstimme empor, einem Saxophon gehörig, das ein grinsender Teufel regierte.

Man hörte auch hier beinahe kein Französisch. Frankreich, in seinem Wohlstand hart getroffen, hatte nur noch geringen Anteil am Luxus dieser Winterküste. Auch die Russen von einst waren ja nicht mehr da. Ein Juwelen- und Kleiderluxus war ausgelegt, der etwas Bleiches, etwas Totes hatte. Es ging hier nicht um Freude und Reiz, hier wurden Millionenrivalitäten ausgetragen, geisterhafte Duelle des Goldes, in einer unbetretbaren, unwirklichen Region. Die Frauen unter diesem Schmuck und die Männer, die ihn bezahlten, waren müde und still. Müde und still wurde auf der ausgesparten Glasfläche, die von unten farbig erleuchtet war, zu den Höllenrhythmen getanzt. Zwei große Tische mit Amerikanern nur lärmten ein wenig, schüchtern bewarfen sie sich mit den Samthündchen, die das Restaurant seinen Gästen verehrte. Aber man blickte nicht einmal hin. Der alte Reichtum der Erde saß weiß und sterbensmatt, frenetisch bebrüllt, begrunzt und bepfiffen von den jähen Synkopen des Urwalds. Es fehlte nicht Gäste seltenen Anblicks. Eine große indische Dame war da, in farbigen Schleiern, die linke Nasenwand mit einem Smaragd inkrustiert; ihr benachbart, an einem runden Tischchen, ausgelöscht und korrekt der konstitutionelle König eines nordischen Staates mit zwei alten Begleitern.

Da, mitten in einer Produktion, auf ihrem tobenden Höhepunkt, riss die Musik. Schweigen. Es wirkte wie eine Art negativer Tusch und sollte so wirken. Unwillkürlich blickte man nach dem Eingang. Zwanzig Sekunden vergingen. Becky Floyd erschien auf der Treppe.

Sie war höchst dezent, sie war mädchenhaft gekleidet. Ein mattgrünes Leibchen, hoch ansteigend, verhüllte ihre Büste, ihr mäßig gebauschter Reifrock, rosa mit Gold, ließ kaum die braunen Fesseln sehen. Sie stand einen Augenblick still auf der zweitobersten Stufe und lächelte aus ihren Tieraugen auf dies Millionenparkett hinab. In ihrem ölglatten, funkelnd schwarzen Haar, dem Kunst auch den letzten Rest seiner afrikanischen Krausung genommen hatte, und das ihrem schmalen Haupte anlag wie eine Haut, spiegelten sich scharf die Lüsterflammen der Decke.

Mit einem hohen, an den Nerven zerrenden Gewimmer setzte die Musik wieder ein, ein jähes Tutti alles Schlag-, Klirr- und Blaszeugs und all dieser Negerkehlen scholl empor als gewaltig huldigender Gruß. Becky Floyd stieg die Stufen herunter und begann, unverweilt, zu tanzen. Sie war neunzehn Jahre alt, und ihr Ruhm war unermesslich. In ihr unterlag die weiße Gesellschaft dem scharfen Reiz der Rasse von übermorgen. Ihre langen Tieraugen, ihre Hüften, ihre Knie lebten in aber Tausenden von Träumen. Sie hätte Herzöge heiraten können und auch einen der Geldkönige jener Neuen Welt, in der kein weißer Proletarier mit Menschen ihrer Farbe die Atemluft teilt. Sie zog es vor, allein zu sein, unbeschenkt, uneingereiht; ihr dunkler, begnadeter Körper ganz allein trug sie empor. Dieses braune Mädchen beutete sich selber aus wie ein Unternehmer sein Bergwerk. Es war bekannt, dass sie sechzehn Stunden am Tag arbeitete. Wenn sie in Paris ihren Morgen mit Übungen und in den Filmateliers hingebracht, begann sie bei einem Frühstück im Ritz oder im Claridge zu tanzen, und nun riss die goldene Schnur ihrer Produktionen nicht mehr ab. Ihr Wagen trug sie von Empfang zu Empfang, von Music-hall zu Music-hall; keine Revue, kein Varietéprogramm war des Erfolges gewiss ohne das Gliederspiel dieser dunklen Bezwingerin, und die Welt der Genießenden, in Paris sich begegnend, dürstete danach, ihr auf den Teppichen der Salons nahe zu sein. Spät in der Nacht erschien sie in ihrem eigenen Tanzhause auf dem Montmartre, wo nie ein Stuhl zu haben war, die Eleganz der Adepten sich im engsten drängte und jeder der winzigen Tische ihr das Jahreseinkommen eines Groß-kaufmanns abwarf. Wenn sie dort um die vierte Morgenstunde schied, so war ihr Körper so gespannt, das Lächeln ihrer Tieraugen so frisch wie sechzehn Stunden zuvor. Sie hatte einer unbestimmbaren Menge von Tausenden ihre Reize ins Blut geworfen, im Gespräch mit Hunderten war sie liebenswürdig, scherzhaft, aufstachelnd gewesen, aber sie hatte niemand bemerkt, keine Stimme gehört, es war alles von ihr abgelaufen wie Wasser ablaufen musste von ihrem ölglatten spiegelnden Nachthaar. Sie eroberte ohne Ansehen der Person wie ein Element, und der Scheck, den sie an jedem Montag der Bank von England übersandte, wurde von Woche zu Woche größer, Dokument ihrer wachsenden, alles überwachsenden Macht über die Weißen.

Jetzt war in Paris Regenwetter und schlechte Laune, und die Herde der Anbeter war an dies azurne Meer geflüchtet. Sie ließ sie hier nun frohnen. Als ein Sklavenvogt raste sie mit achtzig Kilometer Geschwindigkeit diese Küste auf und nieder und schwang die Geißel ihrer dunklen Betörung. Sie hatte heute schon in Mentone getanzt, am Cap Martin, im Negresco in Nizza, vor einer Minute war sie hier aus dem Auto gesprungen, niemand wusste, zu welchen Festen sie diese Nacht noch erwartet wurde, in Villen oder Kasinos, in einem erleuchteten Garten am Meer. Sie tanzte und unterjochte. Ihr Scheck in dieser Woche war der höchste gewesen, seitdem sie Kaiserin war. Sie begann, in ihrem bescheidenen Stilkleidchen, einen Tanz, der beinahe altmodisch wirkte, eine Art schmachtenden Walzers. Sie tanzte ganz langsam, die schönen Arme ausgebreitet, so dass man ihre golden gefärbten Fingernägel unterscheiden konnte. Den kleinen Kopf hielt sie weit nach rückwärts geneigt und die Augen scheinbar geschlossen, man sah ihre Lider, die mit einem Goldpuder bestäubt waren. Ganz selten einmal ging ein Zucken durch ihren Leib, und eine blitzschnelle, harte und bizarre Geste zerschnitt den züchtigen Tanz und schien ihn zu verhöhnen. Als er aber zu Ende war, sank sie mit holder Bescheidenheit tief ins Knie, wie die Elevin einer Ballettschule an einem thüringischen Hof. Keine Pause. Mit einem Aufschrei fand die Negermusik zu sich selber zurück. Becky Floyds Mund, der eben noch so töchterlich gelächelt, wölbte sich plötzlich vor zu dem afrikanischen Fleischtrichter, der er eigentlich war, mit einem kleinen tückischen Grinsen blickte sie sich im Saale um und ersah sich einen beleibten, glatzköpfigen Herrn, der friedlich bei seiner Gattin saß. Sie forderte ihn auf. Er gehorchte. Jeder wusste, dass man sich hier zu fügen habe. Die Darbietung war bekannt. Man erwartete sie.

Das seltsame Paar stand sich inmitten des Raums gegenüber auf der farbig durchleuchteten Fläche. »Tanzen Sie«, rief Becky mit einer ganz hohen, glashell zwitschernden Stimme, die sinnlich beunruhigte,

»tanzen Sie, machen Sie es wie ich!« Sie raffte ihr Kleid, die braunen Beine wurden sichtbar, dunkler als Gesicht und Arme, die weltberühmten Beine, köstlich geformt. Und nun begannen sie im Charleston zu grimmassieren, blitzschnell, mit fabelhafter Beherrschung. Das dicke Gegenüber deutete etwas jammervoll Ähnliches an, mit einem entschuldigenden Lächeln. Sein Bauch stieg auf und nieder, seine grauen Schläfenhaare flatterten. Becky Floyd berührte ihn nicht. Sie tanzte nahe vor ihm her, ihn anfeuernd durch zwitschernde Schreie, rascher und immer wirbelnder, dann zog sie den Eidechsenkopf zwischen die Schultern, machte sich klein, tapste rückwärts und vorwärts, blickte fromm von unten und bewegte grotesk sägend, eng am Leibe, die Arme dazu. Das Orchester plärrte und pfiff. Das Opfer wurde entlassen.

Sie wählte andere. Ihr funkenschnell streifender Blick ersah sich untrüglich die Ältesten, Unmöglichsten, alle die durch ein Luxusleben im Gold und im Fleische entstellten Greise. Keiner entzog sich; es war ein seltsames klassisch gewordenes Opfer der Würde. Jeder kam und bewegte vor ihrer fremden, unheimlichen Jugend schwerfällig den alten Körper, der schon nach dem Grabe neigte. Der Saal vibrierte und genoss. Alle die Blasierten, nicht zu Bewegenden, hier fanden sie die geheime Lust der Unterwerfung. Leises Jauchzen, unterdrücktes Gelächter, unersättliches Schauen. Plötzliche Stille aber und beinah erschrockenes Sichansehen, als Becky Floyd nun, mit deutlichem Entschluss, ihr Äußerstes wagte ...

»Kleinlich ist sie nicht«, sagte Carmer, »ein Schauspiel, das sich lohnt!« Er sprach lauter als sonst. Er sprach, um sich einer Bezauberung zu entwinden, die er kommen fühlte und die er nicht wollte. Und er nannte Doktor Erlanger den Namen des neuen Partners.

»Undenkbar!« rief Doktor Erlanger mit knabenhaft weiten Augen. »Das ist unmöglich!« Aber es war so.

Von der blumenbeschütteten Tafel, der er vorsaß, hatte sie sich den Londoner Goldfürsten geholt, den Uralten, Halbmythischen, Haupt einer zweihundertjährigen Finanzdynastie, schwer gebeugt, körperlos fast, Machtwort nur noch und Begriff, den Greis, der über Staaten entschied, der Völker darben und essen ließ.

Ohne Zögern folgte er ihr. Man senkte die Köpfe. Mit vieler Haltung stellte er sich ihr gegenüber und rührte seine neunzigjährigen Füße in einer kindlichen Andeutung der wilden Pas. Sie aber raffte ihr sittiges Kleid nun höher und höher, jetzt sah man die Knie, jetzt die Schenkel, sie kreiste im Rausch ihrer Wälder und, unter einem durchdringenden hohen glashellen Schrei, riss sie sich mit ihren beiden Fäusten zugleich Rock und Mieder vom Leibe, ihre fremden Brüste, spitz, die Knospen purpurn gefärbt, sprangen ins Licht, und völlig nackt, die Scham nur eben bedeckt, gab sie sich drehend preis in gewaltig groteskem Rasen.

Der alte Engländer stand still und blickte sie an. Er schaute aus großer Nähe auf diese Nacktheit, auf diese dunklen Schenkel, die schönsten der Erde vielleicht, makellos schwellend, schlank und versehrend weiblich dabei, wie von der Hand eines fremden Gottes in atmender Bronze geformt.

Carmer sah sich um, seltsam angerührt. Der Saal war aufrecht, die Bedrückung war fort. Man jauchzte. Man schlug die Hände zusammen zum Widertakt der Urwaldmusik, man jubelte ihr zu in fünfzehn Sprachen der weißen Menschen, und in allen Männerblicken war Neid auf den Alten, den es heute getroffen hatte, – denn dies, dass ein Mann so stehen durfte und im strahlenden Licht vor aller Augen seine Lust und Fleischesanbetung zeigen, dies eigentlich war der neue, der ungeheure Trick, mit dem die Dunkle dort eine Welt erregte und hielt.

Der Engländer war langsam an seinen Platz zurückgekehrt. Dies aber würde nun fortwähren und steigen bis zum Ende, das Spiel ihrer Schenkel wurde frecher und einladender, sie schickte sich an zum Letzten, zum ungeheuerlich schamlosen, hohnlachend gewaltigen Triumph des Schwarzen Geschlechts.

Aber in diesem Augenblick geschah das Unwahrscheinliche: die Aufmerksamkeit wurde abgelenkt. Es kam vom Eingang herunter ein Mann, alt schon, großgewachsen, eckig und ziemlich gebeugt. Er war unmöglich angezogen, und die Unmöglichkeit bestand vor allem darin, dass er seinen Überzieher anbehalten hatte, ein enges, dickes, schlechtsitzendes Kleidungsstück aus schwarzem glattem Stoff. Sogar den schwarzen Melonenhut behielt er auf dem Kopf; so eilig war er. Seinen Stock mit silberner Krücke hielt er in der Hand, vielmehr trug er ihn, unterhalb des Griffs gefasst, in ungeschickter Weise vor sich her. So kam er die Stufen herunter, mitten in die Produktion der afrikanischen Kaiserin hinein. Der Gedanke schien ihm fern zu sein, dass sein Auftreten hier irgendeine Wirkung hervorbringen könnte.

Suchend und eilig blickte er umher, wo er hinkam, rückten die Leute zur Seite, wer noch saß, stand auf, viele verneigten sich. Aber Achille Dorval, als wäre er ganz allein in einem leeren Saal, ging auf den Gefundenen zu. Er streckte ihm die Hände entgegen, auch die, die so ungeschickt den Stock umklammert hielt, sah Carmer in die Augen, lachte dann und sagte: »Ich bin untröstlich, mein Freund. Aber das kommt davon, wenn man im Automobil auf Napoleons Straßen reist!«

»Sie haben einen Unfall gehabt?«

»Einen langwierigen Defekt. Genau an der Stelle vor Grenoble, wo damals die Armee zu ihm abfiel. Aber das hat mich nicht getröstet. Was haben Sie denken müssen von mir!«

Er nickte Doktor Erlanger zu, der etwas bleich hinter seinem Stuhle stand, und dann gingen sie alle drei sogleich miteinander fort.

Die Negermusik schwieg längst, von mehreren Seiten heftig bedeutet. Die Gesellschaft stand und schaute dem Manne nach, dessen uneleganter Greisenalter eine Idee bedeutete: die Idee Europa und Frieden. Auch der nordische König, zwischen seinen alten Begleitern, blickte grübelnd hinter ihm drein.

Becky Floyd, mitten aus ihrer Urwaldraserei zur Gelassenheit sich ernüchternd, war mit einem klugen Seitenblick ihrer herrlichen Tieraugen gleich bei Achille Dorvals Auftreten lautlos entwichen.

7.

In der Vorhalle des Hotels erhob sich aus seinem Sessel Herr François Bloch, Dorvals Begleiter. Er war nicht älter als Doktor Erlanger. Im Gegensatz zu ihm war er zierlichen Leibes und beinahe blond, nur ihre engstehenden Augen glichen sich überraschend und blickten gleich klug, gleich freundlich, gleich traurig. Sie schauten einander an, als man sie vorstellte; ein mehrtausendjähriges gleiches Schicksal grüßte sich selber in diesem Blick.

Achille Dorval sagte: »Ich denke, Herr Carmer, wir werden unsere jungen Freunde heute Abend nicht mehr brauchen. Bitte ruhen Sie sich aus!«

Beide verneigten sich. »Gute Nacht, Meister«, sagte Doktor Erlanger, und Carmer reichte ihm die Hand.

»Gute Nacht, Meister«, sagte François Bloch zu Dorval. Er gebrauchte das gleiche Wort, es klang auf französisch ein wenig anders, aber eben nur so, wie in dem einen Gebirgstal die Leute anders reden als im nächsten. Davon lag auf beider Gesicht noch ein unbestimmtes Lächeln, während sie sich dem rückwärtigen Ausgang zuwandten und, eigentlich ohne Verabredung, zusammen in den Garten hinaustraten.

Auch hier war um diese Stunde kein Mensch. Milder Pflanzenatem lag in der Luft. Die weichbestreuten Wege schimmerten rötlich vom Licht, das benachbarte Transparente herüberwarfen. Musik war hörbar, aber gedämpft. Korbsessel und Bänke luden Ruhesuchende ein, die nicht kamen. Die jungen Herren wandelten ein wenig auf und ab.

»Kenne ich nicht Ihren Namen?« fragte Doktor Erlanger, und es war vorher noch kein Wort geredet worden. »Habe ich ihn nicht in der ›Nouvelle Revue Française‹ gelesen ...«

»Das wäre möglich«, sagte François Bloch und war vor Vergnügen errötet, »ich dilettiere ein wenig.«

»Eine Studie über Stefan George und Mallarmé – oder irre ich mich?«

Sie nahmen Platz in einer Nische, zwischen Orange und Lorbeer, und es begann ihr langes, bald höchst bewegtes Gespräch ...

Oben in Dorvals Wohnzimmer, mit seiner schalen Hoteleleganz, verriet noch nichts die Anwesenheit eines Mieters. Wahrscheinlich hatte er wenig mitgebracht. Nur ein großes Lederbehältnis mit dunklem Tabak stand auf dem Tisch. Er begann auch sofort damit, sich Zigaretten zu rollen, eine nach der andern, vorratsweise: hunderttausendfache Übung verriet sich in der genauen und zierlichen Bewegung seiner kleinen Hand, die doch zuvor den Spazierstock so ungeschickt umklammert hatte.

Ein Kellner trat auf ein Glockenzeichen ein.

»Ich trinke nicht«, sagte Carmer.

»Gar nicht? Mir, mein Freund, bringen Sie einen weißen Wein hier vom Süden, offen, nicht in der Flasche!«

»Ich zweifle, mein Herr«, sagte der Kellner mit einer Verbeugung, die sein verachtungsvolles Lächeln kaum verbarg, »dass so etwas im Hause ist.«

»So wird man über die Straße laufen und es holen. Bringen Sie es rasch.«

Und sie begannen ihr langes, friedestiftendes Gespräch. Dorval sagte, und es war vorher eigentlich nichts gesprochen worden:

»Ich bin glücklich, zu denken, dass Sie nun bald mein Partner sein werden.«

»Es ist nicht gewiss, Herr Dorval. Ich bin nicht entschlossen.«

»Sie werden sich entschließen, o ja, auch ich träume nicht selten davon, die paar Jahre, die mir noch bleiben, zu feiern, spazieren zu gehen, im Schatten zu liegen. Man tut es nicht. Man darf es auch nicht. Belehren Sie mich, Herr Carmer … ich höre.«

»Ein Wort von sonderbarer Ironie. Den Mann belehren, vor dem die bewohnte Erde daliegt wie ein Brettspiel!«

»Gut, den Vergleich lass ich gelten. Mir ist bekannt, was die Figuren sollen. Aber ihr andern kennt jede Faser vom Holz, aus dem sie geschnitzt sind. Man hat Ihnen doch wohl erzählt, dass ich sehr wenig weiß?«

»Ganz Europa kennt diese anmutige Fiktion und genießt sie.«

Der Wein war gekommen. »Nun denn«, sagte Dorval, »ich trinke auf das, was allein uns am Herzen liegt!« Und er umspannte mit seiner kleinen Hand das fußlose Glas, so wie ein Bauer trinkt. »Oh, er riecht gut.« Er hielt sein Gesicht über den Trank geneigt. »Es tut mir leid, dass wir gar nicht in Ihrer Sprache miteinander reden können. Ich habe zu viel versäumt. Einst hätten zwei Männer wie wir Latein miteinander gesprochen, – das ist dahin.« Er schwieg einen Augenblick. »Belehren Sie mich«, wiederholte er dann, »lassen Sie mich Ihre Gedanken wissen. Wir wollen einen Untergrund mauern, auf dem wir uns beide sicher und frei bewegen können.«

»Es wird nötig sein, Herr Dorval, dass auch Sie Steine dazu herbeitragen. Warum legen Sie Wert darauf, dass ich zuerst und allein rede?«

Dorval saß da, in schlaffer Haltung, den schweren Kopf zwischen den hohen Schultern steckend, über denen der schwarze Stoff seines billigen Anzugs Falten warf. Sein massiges Untergesicht lastete auf einem hohen Stehkragen von verschollener Form. Matt hängend die Lippen. Ungepflegt, fransig gebauscht der graue Schnurrbart. Die Nase vorspringend und derb. Unter den hoch geschwungenen Brauen hielt er seine Augen gesenkt. Die Stille dauerte lang. Dann schaute er auf, mit einem Blick, der frei war, herzlich und klug, und ein plötzlich sehr fester, gespannter Mund sagte:

»Sie können reden. Ich bin aufrichtig.«

»Wenn ich daran zweifelte, wäre ich nicht gekommen.«

»Das ist höflich, Herr Carmer, aber ich verlange nicht, dass es die Wahrheit sei. Nicht weil Sie mir glauben, sind Sie hierhergekommen, sondern damit Sie mir glauben lernen. Gut denn«, fuhr er langsam und beinahe feierlich fort, »mein Fall ist einfach. Ich bin kein sehr komplizierter Mann, Carmer. Ich habe den Rest meines Lebens der Idee des europäischen Friedens gewidmet, das ist meine ganze Politik. Verlangt man, dass ich sie verleugne, so demissioniere ich am gleichen Tag. Das können Sie wörtlich wiederholen, wenn Sie nach Ihrem Amtsantritt zum ersten Mal im Reichstag sprechen.«

Der Greis schloss die Augen. Ungefüg, schlaff, saß er im Sessel, die ewige Zigarette zwischen den Fingern.

Carmer antwortete nicht. Er quittierte nicht über dies hohe Geschenk. Er versuchte, sich die Stunde vorzustellen, da er die Worte Dorvals wirklich vom Rednerpult aus wiederholen würde, und er vermochte es nicht. Es gelang ihm nicht, das wohlvertraute Bild des Reichstagssaales sich zu vergegenwärtigen, die konzentrische Ordnung der Sitze, das Glasdach … Mit einem Schauer stellte er fest, dass er an jenen Augenblick nicht glaubte.

Er schüttelte dies ab.

»Haben Sie Dank«, sagte er endlich. »Da Sie es denn wünschen, werde ich Ihnen über den augenblicklichen Zustand Europas alle die Dinge vortragen, die Sie besser wissen als ich.«

»Sie irren, Herr Carmer ich wiederhole das, Sie ahnen nicht, was mir alles noch neu ist. Ich bin fast nirgends ein Fachmann. Als Fachleute haben wir andere in Frankreich. Oh, sie sind schrecklich zum Teil!«

»Nun«, sagte Carmer langsam, »denkt man an unser Europa und für unser Europa, so wird man mit dem Eingeständnis beginnen müssen, dass dieser Erdteil von seiner alten Stellung nicht viel mehr übrig hat. Er hatte sich selber zum Erdteil ernannt, er hatte sich als Erdteil benommen. Als er das nicht mehr tat, war es aus. Alle seine Werte stehen in hoher Gefahr. Er muss sich, mit ein wenig Vernunft, mit ein wenig Gesittung, wieder auf seine Funktion besinnen. Der Anprall, nicht wahr, ist gewaltig. Es ist immer wieder und immer noch einmal die Schlacht von Salamis, die geschlagen werden muss!«

Dorval, ohne das Haupt zu bewegen, hob seine Lider. Er sagte: »Dies ist die Art, wie ich Politik zu treiben liebe. Die meisten reden immer nur von Mindestzöllen und Transfer.« – »Das werde ich sogleich auch tun. Von griechischen Inseln wird kaum mehr die Rede sein.«

»Recht schade!«

»Oh, wir werden Griechenland meinen, auch wenn wir von Zöllen reden … Die Sache fängt damit an, dass heute sechs Millionen Europäer nichts zu essen haben. Aber die sechs Millionen sind nur die Unglücklichsten. Der Rest, überwiegend, lebt elend. Bei Ihnen in Frankreich lebt er heute karg, bei uns fristet er ein Dasein ohne alle Freude. Zwei Drittel der Deutschen sind Arbeiter und Angestellte mit nichts anderem vor sich als Arbeit bis ans Letzte. Aber auch von denen, die übrig bleiben, hat fast niemand Geld. Dennoch regiert das Geld.«

»Man könnte sagen: deswegen. Das Geld ist selten geworden. Darum ist es der Wunschtraum aller. Ich hatte einen Chauffeur, der meinen Dienst verließ, weil ich nicht Millionär bin. Es fehlte ihm an nichts, aber er brauchte den Geruch des Geldes, er betete ihn an.«

»Dieser Ihr Chauffeur, Herr Dorval, ist heute unser armes Europa. Seine Servilität gegenüber der Neuen Welt hat etwas Rührendes und Primitives. Es ist im Begriff, vor dem Reichtum und dem Unternehmungsgeist der Staaten endgültig die Waffen zu strecken. Aber so wie heute die Welt aussieht, ist der materielle Tod zugleich ein Tod der Seele und des Geistes. Die Perser kommen diesmal von Westen und bedrohen das Mittelmeer. Und unser Salamis führt einen nüchternen Namen: wirtschaftlicher Zusammenschluss. Jeder Student kennt das Rezept. Statt dessen haben wir es glücklich auf siebenundzwanzig Zollgebiete gebracht! Siebenundzwanzigfach ist dies Europa zerschnitten. Wir sind vom ersten Anfang der Vernunft noch weit entfernt.«

»Weit! Als ich jüngst einmal die Hoffnung aussprach, die kranken Franzosen in ihren Spitälern würden nun bald eure guten Medikamente haben, ohne dass man gezwungen wäre, damit zu knausern, da heulten die Fachmänner auf: Utopist, Utopist! Carmer – ich habe die Ohren voll von dem Ruf.« – »Utopie ist ihnen alles Notwendige. Jeder Unfug ist ja noch möglich. Sie verzollen einander den Bissen vorm Munde.«

»Ich will es meinen. Rumänischer Weizen muss sein, italienischer Mais, französischer Wein – warum nicht europäischer Wein, europäischer Weizen? Nur damit es der Mensch auf Erden noch ein wenig schwerer hat, als die Natur es befiehlt. Ein paar Profitmacher wollen es so, und das Volk glaubt an ewige Gesetze.«

»Unverbrüchlich. Bei uns in Deutschland haben sie jetzt den Brotzoll erhöht. Es wehrte sich niemand. Manchmal ist es wahrhaftig schwer, nicht zum Mystiker zu werden.«

»Jeder Kampf um eine Besserung, Carmer, ist ein Kampf gegen hohle ausgestopfte Begriffe, die von den Menschen verehrt werden. Man muss hineinstechen, dann raschelt das Seegras.«

»Da hat man zu tun! Vor Mythologie, vor atavistischem Hassbedürfnis sieht keiner, was er braucht.«

»Zwölftausend Millionen Goldfrancs im Jahr!«

»Wie?«

»Ich sage: zwölftausend Millionen Goldfrancs bezahlen die europäischen Staaten jedes Jahr für ihre Rüstung. Die Menge ruft Beifall. Lieber nicht essen, nicht wahr, nur keinen Abstrich vom Hass! Die ganze Unterwelt des Menschen sträubt sich dagegen.«

Er sprach dieses Wort »Unterwelt« mit einer Grimasse aus, die ganze Abneigung des Voltairianers zuckte in dieser Verzerrung seiner Muskeln.

»Es wäre ja vielleicht nicht unwichtig, ein wenig darüber nachzudenken, wie die Erde vor Unheil und Grauen zu bewahren sei. Ah, weit gefehlt! Unsere Großmächtigen, für die wir alberne Träumer sind, starren wie behext auf ihre Fetische: Erz, Petroleum, Baumwolle, Kautschuk. Viel lieber als den Verzicht auf ein halbes Prozent wollen sie lautlose Städte sehen, in denen die Gerippe der vergasten Menschen aufrecht um den Familientisch sitzen.«

Zum ersten Mal hatte er seine Stimme erhoben, sie hatte plötzlich Klang, Leben und Reiz. Und, wunderlich, zum ersten Mal an diesem Abend fiel Carmer der Redner Achille Dorval ein, wie er ihn einst, an einem entscheidungsvollen Nachmittag in Paris, die widerstrebende Kammer hatte zähmen hören. Im Sessel dem leise, fast ungelenk sprechenden alten Mann gegenüber hatte er den gewaltigsten, den mitreißendsten Parlamentsrhetor der Erde vergessen. Nun vernahm er sie wieder, die Stimme von damals, die tiefe und feste, die rauschende unwiderstehliche. Er sah den Minister sich über die Versammlung herabbeugen, die Unwilligen überschattend mit seiner eckigen, großen Gestalt, sah ihn ausgreifen mit seinen langen Armen, als wolle er alle körperlich herziehen zu sich, dann plötzlich sich riesig aufrichten zum

Schlusswort, das hämmernd begann, mit erzenem Klang – und da fuhr auch die kleine, die ungeschickte, die frauenhafte Hand hämmernd nieder auf das Pultbrett, zum Eisenstück geballt, einmal, ein zweites Mal. Schweigen dann. Es war alles gesagt. Die bezwungene Kammer fuhr auf und raste.

Es war ein einziger Augenblick … Carmer fand sich zurecht. Er sah, dass Achille Dorval sich vorgebeugt hatte zu ihm. »Sie haben gekämpft, Carmer?« fragte er leise, behutsam. »Sie waren Offizier?«

»Begeisterter Offizier. Nicht lange Offizier. Nicht lange begeistert. Gleich zu Anfang ist meine Frau als Pflegerin im Felde gestorben.«

»Mein Gott! Sie war jung?«

»Ganz jung.«

»Grausig«, sagte Dorval. »Das hat Ihnen die Augen geöffnet?«

»Keineswegs. Opfer war ja der sogenannte Sinn des Krieges. Nein, ich sah etwas Einfaches. Ich sah in einem verbrannten Dorf die Leiche eines Mannes, an der ein hungriges Schwein fraß. Wissen Sie, Dorval, die Vernunft eines Menschen ist nicht stark, nicht vielvermögend, sie muss immer erst einen Leichnam sehen, an dem ein Schwein frisst.«

Achille Dorval stand auf. Mit einem Ruck hob er seinen schweren Körper aus dem Sessel heraus. Er streckte Carmer seine Hände hin.

»Man soll nicht mehr schlau sein«, sagte er mit Nachdruck. Er kehrte auf seinen Sitz zurück.

»Es wird nie mehr kommen«, sagte er nach einer Weile. »Wir Träumer werden es verhüten. Träumen wir, Carmer, träumen wir mit großer Kraft! Aber hüten wir uns vor den Alpträumen der andern.«

»Sie sprechen von England?«

Dorval antwortete nicht. Ungeschickt tastete er an den Innentaschen seines schwarzen Anzugs umher und brachte ein zerknittertes Papier zum Vorschein. Er faltete es auseinander und hielt es zwischen Carmer und sich. Es war eine kleine Karte der Welt, ein grober Erdplan, der aussah, als wäre er einem Schullehrbuch entnommen.

»Das betrachte ich gerne«, sagte er. »Damit habe ich mich heute unterhalten, als ich an der merkwürdigen Stelle, eine Stunde vor Grenoble, auf dem Kilometerstein saß und verzweifelt war, weil ich Ihnen nicht telegraphieren konnte. Da …« und er zog mit dem Zeigefinger eine Gerade über das halbe Blatt, die von Memel bis ans Ochotskische Meer hinreichte. Unsere britischen Kollegen müssen ja wirklich bedeutende Empfindungen haben, wenn sie das so ansehen! Ein Alptraum, wahrhaftig. Alle die zahllosen Millionen, die auf diesem ungeheuern Kontinent siedeln, zwischen der Ostsee und dem Stillen Ozean, fest vereinigt, kein unterworfenes Indien mehr, keine Erdsklaven mehr in China, die dem Landeigentümer achtzig Prozent ihrer Ernte abgeben müssen, ein Asien, das sich fühlt! Man rechnet in London mit Kontinenten und in Jahrhunderten, und unsere idyllischen Ländchen sind nur bescheidene Posten im Kalkül. Ihr seid ein Soldat gegen Moskau, und wir sind einer, man muss gerecht sein: kleinlich sind sie nicht da drüben.«

Carmer ließ einige Augenblicke vergehen. Dann sagte er: »Sie weigern diesem Kreuzzug die Gefolgschaft, Herr Dorval. Aber Sie selber, ich weiß es, Sie lieben Moskau nicht.«

»Ich bin zu alt, es zu lieben. Alter ist sonst das schlechteste Argument. Aber in diesem Falle bin ich alt, wie Frankreich alt ist und Deutschland. Ich will nichts wissen von der Begeisterung unserer Snobs, die ihre Augen verdrehen, wenn Russland genannt wird, und die unglücklich wären, wollte man ihnen in ihrer Villa ein Zimmer beschlagnahmen. Nein, ich wünsche nicht, dass Moskau käme. Ich kann es nicht wünschen. Ich singe Ihnen nicht das Lied von der wirtschaftlichen Kluft zwischen Westeuropa und dem östlichen Tiefland, obgleich es ein wahres Lied ist. Aber aus dem Blute der Völker werden Jahrtausende nicht so rasch fortgewaschen. Noch in unserm letzten Bauern, in euerm ärmsten Arbeiter ist ein Bedürfnis lebendig nach Absonderung, nach einem Leben als Person. Was der Franzose, der Deutsche will, ist ein menschenwürdiges Nebeneinanderstehen. Aufgehen in einer Gemeinschaft will keiner bei uns. Oh, ich bin nicht der Narr, den Zauber zu leugnen, der vom Kreml herstrahlt zu den Beladenen und Elenden. Die Schuld liegt an uns, den Führern! Unsere Herzen sind matt geworden. Das Wort Menschlichkeit ist zur Attrappe geworden, zu einem Tafelaufsatz beim Bankett. Das Wort Demokratie auch. Es liegt an uns, ihm wieder Leben und Feuer zu geben. Haben wir Mut! Glauben wir! An der Demokratie ist Persien gescheitert.«

Er hielt noch immer die kleine Karte der Welt in seiner linken Hand, die herabhing. »Es liegt alles auf euch und auf uns«, sagte er, »wir können es uns nicht einfach, nicht eindringlich genug vorstellen. Überall in Europa blasen die eingebildeten Narren die Backen auf und machen ihr eigenes Stürmchen. Wahrhaftig, dies ist der Moment!

Seien wir wenigstens einig, wir hundert Millionen, Griechenland war kleiner und schwächer, als damals der Xerxes kam. Freilich – heute kommen sie von Westen mit ihrer Unbekümmertheit und ihrem Gold, sie kommen von Osten als ungeheure Woge kollektivischer Uniformität ...«

In diesem Augenblick stieß der Wind das angelehnte Fenster völlig auf, der quäkend schrille Aufschrei einer Musik schlug herein, gefolgt von einem negerhaft wilden Stimmenjubel.

»Und von dorther«, sagte Dorval und deutete mit dem alten Haupt nach dem Fenster, »von dorther kommen sie auch!«

8.

»Wozu rede ich denn ...« rief Herr François Bloch. Er rief es erregt, schrill beinahe und in ausgezeichnetem Deutsch. »Was braucht man mich noch als Zeugen? Ihr Goethe selbst, der doch von der deutschen Sprache irgendetwas verstanden haben wird, hat sie den schlechtesten Stoff genannt, in dem ein unglückseliger Dichter Leben und Kunst verderben könne.«

»Er durfte das sagen«, antwortete Doktor Erlanger mit dunkleren Lauten, in raschem Französisch. »Er hat sie ja mitgeschaffen, die Sprache! Warum sollte ein Vater in übler Laune sein Kind nicht einmal schelten.«

»Er hat gewusst, was er meinte! Er hatte das griechische Ohr, Ihr Goethe, wie muss er schon an dieser Überfülle von Konsonanten gelitten haben. Es knarrt und krächzt und hustet, Ihr Deutsch, dass Sie es wissen! Stellen Sie sich wirklich einmal vor, was Alkäos oder die Sappho zu diesen rauhen, dämmrigen, heisern Tönen gesagt haben würden.«

»Aber Ihr Gallisch, Herr Bloch, das hätten sie wunderschön gefunden! Ein Idiom, das sich durch die Nase spricht. Wenn wir heiser reden, Bester, so habt ihr den Stockschnupfen. Und außerdem noch den Schluckauf mit euerm Akzent auf der letzten Silbe. Ein klinisches Bild geradezu. Ja, da wäre dem Pindar wohl geworden!«

»Bei euern Hilfswörtern hätte er sich erholt.«

»Bei was?«

»Beim Anblick der Krücken, ohne die ihr nicht gehen könnt. Bei euerm Haben und Sein und Werden, euerm Müssen, Mögen, Sollen,

Können! Und selbstverständlich Hilfswort und Partizip immer hübsch weit auseinander. Die Hände hätte er überm Kopf zusammengeschlagen und verzweifelt gerufen: das Verbum, das Verbum!«

»Ich höre ihn, mein Herr Bloch, ich höre ihn. J'attends le verbe! Denn zweifellos hätte er es auf französisch gerufen. Bei euch freilich, da gibt es nichts zu warten, da weiß man, was folgt. Was ist nur im siebzehnten Jahrhundert euern Grammatikern eingefallen? Eine Sprache mit Bewusstsein so zu verhunzen! Ihr diesen Trott vorzuschreiben! Sie kommt ja daher wie der Gaul im Karussell!«

Ja, unten im Garten, in jener Nische zwischen Orange und Lorbeer, war man nicht lange einig geblieben. Zwar war von Politik mit keiner Silbe die Rede zwischen den jungen Sekretären. Über einigen Meinungsaustausch persönlich-literarischer Art war man, bald schon, auf das Sprachliche gekommen, und hier zeigte sich plötzlich, beiden unvermutet, diese glühende Parteinahme, dieser fanatische und feindselige Enthusiasmus. Die Würde und Schönheit der Sprache, in der jeder von ihnen empfand, dachte und schrieb, wurde mit scharfen Waffen verfochten, wie die Würde und Schönheit der Damen in einem mittelalterlichen Turnier: solcher Chauvinismus in das Nationale und Staatliche übersetzt, hätte ungefähr bei jeder Wendung Gefahr und Kriegsfall bedeutet.

Seltsam zu denken, dass dies nun »Gäste« waren in ihren Völkern, Fremde anstößigerweise unter denen, deren Wort und Dichtung sie so verzehrend liebten, Unechte, Störer, Geduldete. Hätte sie einer gehört, die Erwägung hätte ihm kommen können, ob nicht der innige Anteil am Worte, am Laut werdenden Erinnerungsschatz eines Volkes, Zugehörigkeit tiefer begründe, als manche fragwürdige Blutsverwandtschaft. Vielleicht aber, wer will da schwören, hätten sich einem strengen Hörer die Streitenden nur vollends verdächtig gemacht. Der hätte vielleicht gefunden, dass jeder von ihnen allzu vollkommen die Sprache des andern rede. Denn im Bestreben, nur ja verstanden zu werden, tauschten sie unaufhörlich Schwert und Schild im Turnier und brachten ihre Feindseligkeiten in eben dem Idiom vor, dem sie galten.

»Gesetzlosigkeit«, sagte etwa François Bloch wieder auf deutsch. »Sie lieben die Gesetzlosigkeit in der Sprache? O ja, Ihr Deutsch macht einen ausschweifenden Gebrauch von ihr. Da wird ein Gedanke zu einer sechsmal verschränkten Periode zusammengedreht, einfach weil man sechs Sachen auf einmal will. Man martert den Hörer, den Leser, man hält ihn hin – endlich bringt dann ein Schlusswort die Auflösung, die Erlösung. Ist nicht im Deutschen jeder Satz auf kleinstem Raum ein Richard Wagnersches Musikdrama? Am Ende wird erlöst. Zuvor aber, quälend lang, gibt es nichts als Schwere, Langeweile und Dunkelheit.«

»Das ist echt. Das ist wahrhaftig echt! Was Sie da über Wagner sagen, Herr Bloch, darauf will ich gar nicht erst eingehen. Ihre Besten haben ihn geliebt. Und um ihn zu verwerfen – dazu muss man ihn erst einmal geliebt haben! Aber was unser Deutsch angeht, so sollten Sie sich um Gerechtigkeit wenigstens bemühen. Es ist wahr«, fuhr er fort, und zwar unvermerkt auf französisch, »es gibt bei uns ein Ringen mit der Sprache, das dem Franzosen ganz fremd ist. Das Unermessliche, das Metaphysische drängt ins Wort und kann sich doch nie ganz in ihm erlösen.«

»Ah, da haben wir's!«

»Ja, da haben Sie's. Das ist ein recht ergreifendes Bemühen, eben weil es niemals glücken kann. Und hier ist Ehrfurcht am Platze.«

»Ah!«

»Jawohl. Ehrfurcht vor dem Überwältigten, der stammeln muss.«

»Stammeln wie ein Kind oder ein Verzückter!«

»Nun, das sind keine verächtlichen Menschensorten. Freilich, die ›Sprache der Vernunft‹ ist kaum für sie gemacht.«

»Das sollten Sie nicht in Anführungszeichen sagen, lieber Herr Erlanger. Vernunft und Helligkeit sind nicht Geringes, gerade heute dürfte man davon nicht abschätzig reden. Wenn Sie ›vernünftig‹ sagen, so meinen Sie dürftig, ich weiß schon. Nun, ich bin nicht blind. Unser Französisch ist gewiss ärmer als euer überfülltes Spätgermanisch, ärmer an Stoff, das ist wahr. Aber was hat es aus seiner Armut gemacht! In keinem Idiom kann man genauer sein, geschickter, schlagender, geistvoller. Keins reiht die Gedanken in so logischer Ordnung aneinander, so rein, so natürlich. Keins legt sie dem Hörer so handlich zur Erwägung vor. Keins ist so dienlich, so höflich. Keins ist so human!«

»Ach, das große Wort! Gleich das größte.«

»Gut denn, vermeiden wir es. Keins ist so völlig weltgerecht, will ich einmal sagen. Das ist sein Rang.«

»Einen höhern gibt unserm Deutsch sein unendlicher, sein beinahe mystischer Reichtum. Mag es in Dingen des fassbaren Daseins spröde und schwerfällig sein, mag es sich oft ins dämmrige Gleichnis flüchten müssen – bei uns wird jedes Wort von den Sternen beglänzt und nicht vom Kristallüster.«

»Von den Sternen? Von der Studierlampe! Nach der riecht eure Sprache und eure Literatur. Ihr seid Stubenrevolutionäre, ihr Deutschen. Womit ich nicht sagen will, dass ihr kein Unheil anrichtet. Dazu langt's! Wenn ich an euern Lessing denke ...« – »Auf den Namen hab ich gewartet.«

»Der musste auch kommen. Der Typus der Ahnungslosigkeit! Ordnung und Gesetz im Geistigen so zu verhöhnen – wie billig, wie dankbar!«

»Und Lessing war ja bekanntlich ein Erfolgsanbeter. Er war ein Prasser und starb als Millionär.«

»Ich weiß, dass er arm war. Aber geistig gesprochen war er ein Wüstling. Wie, nicht zu sehen, von welcher Bedeutung der Zwang war, den die Meister des französischen Dramas sich auferlegten! Nicht zu ahnen, was es auf sich hatte mit jener dreifachen Einheit, das heroische Bedürfnis nach Gesetz und Beschränkung so zu verkennen!«

»Es ist Ihnen doch sicher bekannt, Herr Bloch, wessen Entdeckung Sie da wiederholen? Denn natürlich musste erst ein Deutscher kommen, um die Langeweile jener Schulfüchse so vornehm auszudeuten.«

»Schulfüchse? Langeweile? Was für ein Deutscher?«

»Einer, der aus pädagogischer Liebe zum eigenen Volk so hymnisch übertrieb. Oder glauben Sie denn ernsthaft, dass der Wanderer jenseits von Gut und Böse Ihren Corneille geliebt haben kann, der ledern ist wie ein alter Reitersattel?«

»Oh. Oh!«

»Wir Deutschen werfen uns Ausländerei vor, mit wieviel Unrecht! Unsere Ausländerei ist Selbstkritik. Und an der soll es jenseits gewisser Grenzen gründlich fehlen.«

»Jenseits gewisser Grenzen fühlt man sich eben wohl in seiner Haut – und man hat recht. Während bei euch! Drei Viertel eurer Literatur und eure ganze Philosophie sind Ausdruck des Missbehagens.«

»Von Philosophie, mein Herr Bloch, wollen wir vielleicht lieber nicht sprechen. Oder doch? Bestehen Sie darauf? Ihr habt ja, wie es heißt, auch Versuche gemacht, an der Welt herumzudeuten. Man hört von Descartes ...«

»So, hört man von ihm? Descartes, der das Tor aufriss!«

»Nur leider ein Tor nach der verkehrten Seite. Und der gegen Leibniz so epochal unterlag.«

»Monade! Prästabilierte Harmonie! Identitas indiscernibilium! Der metaphysische Zirkus!«

»Schlagworte! Witze!«

»O nein. Wo war seine Sendung, seine Tat?«

»Nun, vielleicht finden Sie die ›Tat‹ bei Kant, in seiner ungeheuren Bezweiflung der Kausalität? Oder wer genügt Ihnen? Schopenhauer vielleicht, der als erster die Frage getan hat nach dem Werte des Daseins?«

»Eine echt deutsche Frage wahrhaftig. Eine vollkommen überflüssige Frage, da es nun einmal ist, wie es ist, unser Dasein, und es sich um gar nichts anderes handeln kann als darum, es ein bisschen wohnlicher, ein bisschen menschlicher einzurichten.«

»Womit denn unweigerlich eine Aufzählung der Pariser Moralisten beginnt, der Leute mit den Lebensrezepten, angefangen bei Montaigne bis herunter zu Chamfort?«

»Allerdings, bis Chamfort, den Ihr ›Wanderer‹ einen wahrhaft europäischen Autor genannt hat, einen, den, hätte er Griechisch geschrieben, auch Griechen verstanden haben würden, während Ihr Goethe ...«

»Halt, halt!«

»Ich zitiere ja nur. Ihr Goethe, meint der Wanderer, habe doch mehr, als recht sei, die Wolke umarmt, und ein Plato etwa hätte nur mit Widerwillen das Dunkle bei ihm gespürt, das übertriebene und dann wieder Klapperdürre ...«

»Halt, halt, halt!« rief da Doktor Erlanger noch einmal. Er rief es so entschieden, dass François Bloch schwieg und ihn erwartungsvoll ansah. Offenbar schickte er sich an, etwas ganz Besonderes zu äußern, etwas Starkes und Zwingendes. Der Zauberschein jenes Höchsten, dessen Name gefallen war, musste aufleuchten, der Zweifler sollte geblendet die Augen schließen und als ein Besiegter verstummen. Goethe ... Er suchte nach einer Formel. Aber zu viel war zu sagen. Herr Erlanger fand keinen Beginn. So saß er recht lange und äußerte gar nichts.

»Nun, Goethe?« sagte endlich Herr François Bloch, leise, nicht ohne Ironie.

»Ich werde Ihnen etwas erzählen, Herr Bloch. Etwas erzählen ist immer das beste. Eine kleine Geschichte, sie stammt aus einem französischen Buch, einer Biographie. Hören Sie zu … Sie müssen sich in den Norden Ihres Vaterlandes versetzen, in die Normandie, nach Rouen. Dort gibt es oder gab es am linken Ufer der Seine eine Allee, eine schöne Allee mit hohen Bäumen. Jenseits sieht man die Stadt mit ihren Türmen. Man schreibt 1837 oder 1838. Es ist ein schöner Frühlingsnachmittag und zwar Ostersamstag. Über den Fluss herüber kommt ein junger Mensch. Er kommt aus seinem Gymnasium, eben war Schulschluss. Es ist der junge Flaubert. Er hat keinen Hut auf seinem halblangen prächtigen Haar, bekleidet ist er mit einem gelben Rock, der viel zu leicht ist für die Jahreszeit, und mit einer weiten, hellblauen Hose. In der Hand trägt er ein Buch. Er setzt sich auf eine Bank dort am Ufer und beginnt zu lesen. Sein Gesicht verändert sich, er wird blass, mit dem Handrücken muss er sich Tränen fortwischen. Er liest. Die Sonne ist beinahe hinunter. Da fangen vom jenseitigen Ufer her die Glocken zu läuten an, die das Fest verkündigen. Aber das ist zu viel für den jungen Menschen, der Zusammenklang über- mannt ihn, ihm schwindelt vor Glück der übermächtigen Schönheit, das Buch entfällt seiner Hand, die Augen werden ihm dunkel, ohn- mächtig sinkt er hernieder an seiner Bank. Hinzukommende bringen ihn heim.«

»Der Faust?« fragte Herr François Bloch leise. »Welche Stelle? Der Osterspaziergang?«

»Der zweite Monolog. Flaubert hat es erzählt. Aber denken Sie doch, dass er ihn auf französisch las! Das ist kaum dasselbe, nicht wahr. ›Annoncez-vous déjà, cloches profondes, la première heure du jour de Pâques … cantiques célestes, puissants et doux, pourquoi me cherchez-vous dans la poussière?‹ Es heißt aber so …«

»Es heißt«, fiel Herr Bloch mit zuckenden Lippen ein, und er war bleich wie jener Gymnasiast, und sein Deutsch hatte fremdere Laute als sonst vor Erregung:

»Welch tiefes Summen, welch ein heller Ton
Zieht mit Gewalt das Glas von meinem Munde?
Verkündiget ihr dumpfen Glocken schon
Des Osterfestes erste Feierstunde?
Was sucht ihr, mächtig und gelind,
Ihr Himmelstöne mich am Staube …«

Die Himmelstöne! Besiegt und beglückt wäre er ihrer Stimme vielleicht lange gefolgt. Aber ein schriller Jubel zerschnitt sie. Es war der dämonenhafte Aufschrei jener Urwaldmusik, es war derselbe Triumphruf der afrikanischen Perser, den man auch oben, in jenem Zimmer des zweiten Stockwerks, so deutlich vernahm. Herr François Bloch brach ab. Sie blickten sich an.

9.

Dort oben endete man nicht. Die Schale auf dem Tisch war fast bis zum Rande gefüllt mit Achille Dorvals Zigarettenstummeln. Draußen war es völlig stille geworden. Ein erfrischender Wind wehte ins Zimmer. Überm Meere zeigte sich ein grünlicher Schein. Die kleine Standuhr überm Kamin, bronzen und hässlich, schlug mit Wimmern die vierte Stunde.

Sie hatten längst begonnen, vom Greifbarsten und Drängendsten zu reden. Mit Mühe kamen sie vorwärts. Hier war beinahe jeder Schritt durch Selbstschüsse und Fußangeln bedroht. Sie sahen sich in einem Wald, einem dichten Gestrüpp von öffentlichen Vorurteilen, ein Schwacher konnte wohl die Arme sinken lassen und daran verzweifeln, je wieder in die freie Sonne zu gelangen.

Von Grenzfragen war eine Stunde lang die Rede gewesen, von Veränderungen der Karte im Osten Deutschlands zumal, Problemen, die von einer überall gleich böswilligen öffentlichen Meinung giftig umlärmt wurden. Es war schwierig gewesen, davon zu sprechen. Es war noch schwieriger, von der Besatzung im Rheinland zu sprechen. Die gewissenhaften Hüter der öffentlichen Meinung sorgten ja unablässig dafür, dass sich dies alberne Sinnbild den Deutschen immer neu als Schmach in ihr Fleisch brannte, und dass in Frankreich ein Teil des Volkes sich daran klammerte, und den Reiterstiefel auf deutscher Erde nicht missen zu können vermeinte.

Es musste von der Entschädigung die Rede sein, von Jahresbeträgen, Aufhäufung dieser Beträge, Transferierung, musste ausführlich, ernsthaft und immer wieder die Rede davon sein, obgleich das wirtschaftliche Antlitz des Erdteils und der Welt sich fast mit jedem Jahre gewaltig wandelte und zudem kein vollsinniger Mensch glauben konnte, dass ein solcher Tribut sich über weite Zeiträume festlegen und vom Einfluß einer immer undurchdringlichen politischen Zukunft werde unabhängig erhalten lassen.

»Es ist eine Frage des Vertrauens«, sagte Carmer. »Und für den Unterlegenen, dem harte Forderungen gestellt sind, ist es unendlich schwer, Vertrauen zu haben. Was wir denn bekommen, wenn wir beginnen, von Eintracht, von Freundschaft zu sprechen? ›Und jener Korridor‹, werden sie rufen bei uns. ›Und die Soldaten in Mainz! Und unsere Zahlungen, endlos und ungeheuer!‹ Ihr habt es meinesgleichen nicht leicht gemacht, vom Frieden zu reden, wie soll man verstanden werden!«

»Es gibt«, sagte Achille Dorval schleppend, »für den Politiker keine größere Gefahr, als im voraus an alle Kritik, an alle die Vorwürfe zu denken, die er erleiden wird. Das belastet und hemmt unsäglich. Mit so schwerem Gepäck, Carmer, marschieren wir nicht bis zum Licht … Friede«, fuhr er fort, »ja Friede ist ein eigentümliches Wort. Wenn einer Friede sagt, dann widerspricht ihm eigentlich niemand. Man stimmt ihm eher zu, man redet in rücksichtsvoll gedämpftem Tone zu ihm wie zu einem Kranken. Und im Grunde denken alle: das ist ein Blödsinniger mit einem rührenden Tic.«

»Oh, Sie haben es leichter!«

»So, ich habe es leichter. Haben Sie einen genauen Begriff davon, wie sie über mich denken, unsere Realpolitiker und Fachleute? Nach rückwärts die Uhr, nach rückwärts! Und wer sie daran hindert, der muss zerstampft werden mit dem berühmten Reiterstiefel. Was, ich habe Bedenken gegen unsere glorreiche Kolonialarmee, diese Herde von grauhäutigem Vieh, das man dressiert, damit es einst Europa vernichten kann? Aber diese Wulstmäuler sind ja vortreffliche Franzosen, und sie haben gegen Goethes und Mozarts Land die Zivilisation gerettet! Wie, ich will am Rhein die Besatzung verschwinden machen, die unsere einzige Sicherung ist? Zwar in Wirklichkeit ist sie gar keine Sicherung, sondern eine widerwärtige und schädliche Dummheit, aber da der menschliche Geist langsam ist, hält er eben jetzt beim Jahre sechzehnhundert, und damals war der Reiterstiefel ein Argument. Oh, die Dummheit, die Dummheit, Carmer, sie ist eine gewaltige Macht.«

»Ein gewaltiger Proteus! Sie wirkt und zerstört in vielerlei Gestalt. Sie verlarvt sich bei uns als mystisch tiefe Seelenhaftigkeit, an der die Welt genesen soll, sie schminkt sich bei euch mit den Farben der Zivilisationskirche, die allein alle Heilsgüter zu vergeben hat. In der

Kulisse steht überall der Profitraffer, der Machtnarr, und grinst. Er hat auch Ursache, zu grinsen. Je schädlicher, je gefährlicher eine Tendenz für ein Volk ist, desto leichter wird es überredet zu ihr. Wie steht's denn bei uns. Anständige Rechtspflege? Soziale Gesetze? Freiheit der Bildungsmittel? Nichts davon. Man ist den Massen solange mit mystischem Geschwätz in den Ohren gelegen, bis sie ein erreichbares und nahes Ziel für verächtlich zu halten anfingen. Um das zu korrigieren, dazu brauchen wir euch.«

»Und wie sehr wir euch! Wie nötig haben wir etwas von jenem schwereren seelischen Gewicht, von jener Unbedingtheit in Sachen des Geistes, von jener zähen und methodischen Ernsthaftigkeit, mit der man vielleicht nicht verführt und bezaubert, aber dauerhaft baut und erhält. Ein wenig Hegel in unserem Blut, ein wenig Humboldt« – er sprach die Namen seltsam gallisch aus – »und unsere Spitäler, unsere Laboratorien, unsere Telefonämter sogar«, er lächelte flüchtig, »werden den Vorteil davon haben.«

Er stockte und fuhr dann fort, viel leiser: »Es ist meine fixe Idee, Carmer, monomanisch beinahe. Ich denke an nichts anderes. Es muss, es muss der Tag kommen, der den Irrtum von tausend Jahren wieder gut macht. Der die entsetzlich klaffende, brandige Wunde an der Flanke Europas heilt. Der uns endgültig wieder zusammenführt zur Rettung unseres großen gemeinsamen Erbteils. Es muss die Zeit kommen – nein, sie muss dasein die Zeit, da kein hungriges Schwein mehr an einem deutschen oder französischen Toten frisst. Was Sie da berichtet haben, Carmer, das sagt eigentlich alles. Mehr haben wir nicht geredet. Denken wir immer daran, immer! Es gibt nichts Wichtigeres. Nie mehr! Nie mehr! Wir werden Schritt um Schritt zusammengehen, Carmer, aber vielleicht werden wir niemals mehr so miteinander reden können wie heute. Entscheidungen wird es geben im Kleinsten und Einzelnen, unsere Referenten werden uns hundertmal Vortrag halten, und jeder wird ach so speziell sein – aber verlieren wir uns nie an das Nächste, blicken wir immer dorthin. Carmer, dorthin, geradeaus, über uns, dort, dort, ist das Licht! Lassen wir uns ruhig angreifen und beleidigen, jeder in seinem Land, lassen wir uns verhöhnen, besudeln, bespeien, fürchten wir die Kugel nicht und nicht das Vitriol – glauben wir einander!«

Er brach ab. Es riss Carmer, aufzuspringen und den Alten in seine Arme zu schließen. Aber er war ein Deutscher, er fürchtete die Geste.

Er streckte ihm nicht einmal die Hände hin. Er schaute ihn nur an. Und da plötzlich durchschnitt es ihn, scharf wie ein Schwert – unsinnig der Gedanke und doch unentfliehbar –, dass es ihm nicht bestimmt sei, mit Dorval gemeinsam dieser Zukunft noch zuzustreben. Warum aber nicht, warum? Ein Vorhang von dicker Nacht wallte nieder.

»Es ist ja nicht einzusehen«, hörte er Dorval aus einer Ferne sagen, »dass wir ewig leiden sollen, nur weil die Söhne Karls des Großen sich damals benommen haben wie Dummköpfe ...«

10.

Carmer schlief kurz. Früh wurde geklopft. Man brachte eine dringende Depesche, zu eigenen Händen und gegen einen auszufüllenden Rückschein bestellbar.

In Berlin war das Kabinett gestürzt. Der offizielle Rücktritt war für den heutigen Tag beschlossen. Der mit der Neubildung betraute Parlamentarier bot Carmer das Amt an.

Er legte das bläuliche Papier beiseite und setzte sich an das breite Fenster, vor dem im Morgenlicht, in freudigstem Silber und Blau, sich das Meer ausdehnte. Ziemlich ferne, spielzeuggroß, zog ein Dampfer die Rauchfahne hinter sich her.

Carmer atmete die reine und sonnige Brise ein. Er bedachte das Ereignis. Er schien sich selber sonderbar ruhig, zu ruhig nach dem Gespräch der vergangenen Nacht, diesem hohen und befeuernden Pakt. Freilich, es kam nur, was lange erwartet war. Aber diese vollkommene Stille in seiner Brust, dies Fremdsein und Fernsein, erschreckte ihn doch. War diese Stunde jetzt denn nicht ein großer Moment? Wann soll ein Mann glücklich sein, wenn nicht in der Stunde, die ihm das Mittel überliefert, einer für recht erkannten Idee mit Hoffnung zuzustreben! Was war das für ein Weibergedanke, der ihn anfiel im Anblick der frisch blitzenden Fläche, als sei es ihm bestimmt, den Rand dieses Meeres, dem er seit Tagen reisend folgte, nicht zu verlassen, als ende hier irgendwo an dieser antiken Küste sein Schritt? Morgen vielmehr, dies war gewiss, nahm er Abschied von ihr und reiste der Pflicht entgegen, mit der ihn das blaue Papier dort betraute. Unwillkürlich suchte er es mit dem Blick. Aber es lag nicht mehr dort auf dem Tisch. Der Wind, der von Afrika blies, hatte es zu Boden geweht.

Als er angekleidet und das Zimmer geordnet war, ließ er Doktor Erlanger herüberbitten. Doktor Erlanger kam, in Hast, offenbar vom Schlaf aufgestört. Seine Freude war rührend. ›Freuen Sie sich nicht zu früh‹, fühlte sich Carmer getrieben ihm zuzurufen, aber er sah ein, dass dies eine Mahnung ohne vernünftigen Sinn gewesen wäre. So wurde die telegraphische Antwort redigiert und dem Getreuen übergeben.

Es war auf elf Uhr ein Spaziergang mit Dorval verabredet. Aber als sie aus der vollen und flüsternden Hotelhalle auf die Croisette hinaustraten, war kein ruhiges Vorwärtskommen. Man war nicht laut, man verständigte sich durch Winke, es ging bei Dorvals Kommen ein Wehen durch die lange Zeile der auf Bänken und Sesseln Untätigen, der Fluss der Entgegenwandelnden teilte sich, manche nahmen den Hut ab, so dass auch Dorval schließlich den seinen in der Hand behielt, sie hörten die Kodaks ungeniert knacken. Jeder benahm sich, als habe der, den der Ruhm gezeichnet hat, auf zivile Rücksicht keinerlei Anspruch mehr.

»Nehmen Sie erst mal an, Carmer«, sagte Dorval, »die Leute wüssten auch noch, wer Sie sind!« Dies war der gute Moment für seine Neuigkeit. Zuvor, als sie im Hotel einander begrüßten, hatte er ihn versäumt. Eine nicht recht begreifliche Scheu hielt ihn nochmals zurück. Er sagte nichts. Sie verließen den Strandweg und versuchten, gegenüber an den Kaufläden entlang zu wandeln. Aber auf dem schmalen Gehsteig war es nicht besser.

»Man muss es ihnen nicht übelnehmen«, sagte Dorval, »sie langweilen sich ja so unsäglich. Was für ein Los, durch die Mode von Kurplatz zu Kurplatz geschleift zu werden!«

Carmer nickte. Die niedrigen Häuschen, budenähnlich, an denen sie behindert vorbeirückten, waren besetzt von den weltberühmten, den märchenhaften Firmen der Place Vendôme und der Rue Royale. Es waren die Modehäuser, die Juweliere, die Parfumeurs der noch überlebenden Steinreichen. Ein eigentümlicher Geschmack bestimmte die Auslagen: als höchste Feinheit zeigte sich überall die Andeutung, die Vereinzelung, die Dürre. Da lag, auf meergrünem Samtgrund hingeweht, ein einfaches Kleidchen, sehr kurz, nicht mehr als ein Stückchen hechtgrauer Stoff eigentlich mit ein paar aufgenähten schwarzen Perlen am Gürtel, und bedeutete, dank einer schwer zugänglichen Konvention, letzte Auslese, höchste Kostbarkeit. Da stand im Fenster des Parfumeurs über einem chinesischen Schal ganz einsam ein einziges Flakon mit goldener Flüssigkeit.

Dies waren die Tempel für Eingeweihte. Ein durchdringender Snobismus stieg aus allen Fenstern den beiden Männern entgegen, die ihre Gesichter im Gehen dieser Leere zugekehrt hielten. Es herrschte, um diese Mittagsstunde, gewinnbringendes Leben. Die Frauen der kapitalistischen Großwelt gingen aus und ein in den berühmten Buden, aus Überlieferung mehr denn aus Genuß- und Besitzdrang prüften sie, wählten, verwarfen; die ermüdeten Vögte der Weltarbeit zogen fügsam hinter ihnen drein. Es geschah mehrmals, wenn die Spazierenden irgendwo haltmachten, dass drinnen die Kundin alle Köstlichkeiten im Stich ließ und, wie ein hübsches Tier im kristallenen Käfig, durch das nackte Fenster zu Dorval hinausspähte. Er lächelte dann ziemlich verwegen. Aber leise sagte er, so dass es nur Carmer hören konnte:

»Keine Lust, meine Schönen! Man würde vor Langeweile sterben.«

»Wobei?«

»Wobei! Carmer, fragen Sie nicht so zynisch. Nein, wenn man als junger Mensch mit einem Dorfmädel vom Tanze fortging und sie hinter dem Wirtshaus sachte ins Gras legte, das war doch was anderes! Sie können sicher sein, alle diese Damen hier riechen nach nichts. Deswegen thronte auch die goldene Flasche so souverän dort im Fenster.«

Carmer lächelte. Es war ein Lächeln nicht ganz ohne Betrübnis. ›Fragen Sie nicht so zynisch …‹ Ach, er war so entfernt vom Zynismus, dass er vielmehr Mühe hatte, Anspielungen auf jenes Lebendigste gleich zu verstehen, darüber dieser frische Greis so derb und unbekümmert scherzte. War er selbst nicht viel älter als der? Damals, bei jenem furchtbaren Tod, mit einem Tag, wurde er alt. Aber damals war er nicht vierzig. Ein flüchtiger Schmerz ging ihm durch die Brust, ein Ahnen, dass es vielleicht Sünde und Raub sei, vom mächtig kreisenden Lebens- und Liebesstrom sich so vorzeitig abzusperren. Eine recht deutsche Sünde vermutlich. Sie konnten endlich ausschreiten. Einige rasche Kreuz- und Quergänge hatten sie dem Gebiet eleganter Neugier entzogen. Hinter der teuern Fassade am Meer atmete harmlos die südliche Kleinstadt. »Hier ist es hübsch«, sagte Dorval. Auch hier erkannte man ihn. Manche Leute traten aus ihren Türen und blickten dem alten Manne nach, der Frankreichs Geschick eigenwillig seiner

Idee entgegenführte. Nicht alle Begegnenden blickten freundlich. »Im Schoß der Meinen bin ich hier nicht«, sagte Dorval. »Man war hier zu fernab vom Krieg. Wie soll man ihn fürchten!«

»Das Unheil zu wollen, gibt es immer Gründe« antwortete Carmer. »Dort wo man ihm nahe war, ist man vielleicht nicht weniger verbissen, im Angedenken erduldeter Leiden.«

»Ja«, sagte Dorval, »so hat es fortgeschwärt, bei euch wie bei uns.«

Sie waren in eine Gasse gelangt, wo in jedem zweiten Torgang Blumen und Früchte feilstanden. Sie kosteten beinahe nichts, ein Zehntel soviel wie vorn am Meer. Aber von denen dort kam ja niemand hierher. Frauen im Hauskleid, in Hausschuhen, standen bei den Hökern und feilschten behaglich um einen Sou. Alles roch stark und süß nach den riesigen Garben der Mimosen.

Das Straßenschild trug den Namen eines Marschalls aus dem letzten Krieg. Sie sahen es zufällig beide, wie sie um die Ecke bogen.

»Dieser Stadtrat hat einfach die Rangliste abgeschrieben, – da sehen Sie, Carmer, selbst die Säbel dritten Ranges sind nicht vergessen! Nun, als Zwanzigjähriger war ich einmal in Ihrem Berlin. Vor lauter preußischen Generälen, die ich immer verwechselte, habe ich niemals eine Adresse gefunden. Man muss der Menschheit ein Brandmal aufdrücken, dann behält sie einen im Gedächtnis. Gegen Weichlinge, die ihr die Antisepsis oder den Kehlkopfspiegel bringen, ist sie weniger dankbar.« – »Mitunter doch!« Carmer wies mit den Augen nach oben. Das Schild in dieser dritten Gasse trug Achille Dorvals Namen.

»Ah«, sagte der alte Mann recht unberührt, »in einigen Städten, wo es das gab, haben sie's auch schon wieder weggelöscht. Ein flauer Bruder, der Dorval! Recht so. Sie sollen ihr Krebsleiden los werden und ihre Ärzte vergessen.«

Als sie ins Hotel zurückgelangten, war die Eingangshalle vor Neugierigen unpassierbar. Ein kleines Heer von Journalisten war eingetroffen; von vielen Stellen dieser Küste waren sie herangeeilt, in der Hoffnung, den Leiter von Frankreichs auswärtiger Politik hier am Ferienorte zugänglich und gesprächig zu finden. »Man erzählt ihnen wohl nichts«, meinte Dorval sehr leise, »was soll ich auch sagen!« und mit einer überaus liebenswürdigen Bewegung sich bei dem Halbkreis der Andrängenden entschuldigend, sagt er: »Ich muss Sie enttäuschen, meine Herren. Ich habe mir zwei Tage Urlaub genommen, um einen alten Freund wiederzusehen. Es tut mir leid, dass Sie sich Mühe gemacht haben.«

»Oh, Herr Dorval«, rief ein englischer Journalist, weißhaarig, jünglingsschlank, mit dem gegerbten Teint des Tropenfahrers, »wir erkennen Ihren Freund. Wir wünschten so sehr ...« Und Carmer hörte seinen Namen flüstern.

»Gilfond! Ich sah Sie erst nicht.« Dorval schüttelte dem Weißhaarigen die Hand. »Aber Sie werden nichts hören von mir. Ich verderbe mir nicht die Spannung auf Ihre berühmten Kombinationen. Was wäre ein Zeitungsmann, den man erst informieren müsste!«

Und einen Vorteil wahrnehmend, folgte er dem voranschreitenden Carmer zum Aufzug. Die Fotografen knatterten hinter ihm drein, zufrieden scheinbar, auch nur seinen gebeugten Rücken festzuhalten.

Oben in Dorvals Wohnzimmer, dem Ort ihres nächtlichen Gesprächs, trat Carmer ans Fenster. Nach einigen Augenblicken drehte er sich um:

»Man hätte Ihnen schon etwas erzählen können. In Berlin wechselt heute das Kabinett. Ich habe zugesagt.«

»Das haben Sie heute erfahren?«

»Heute. Ganz früh.«

»Und Sie sagen mir nichts? Sie sind nicht in mein Zimmer gestürzt! Sie gehen eine Stunde neben mir her und reden von Straßenschildern? Nein, nein, Carmer, es lebe Deutschland! Aber wie um des Himmels willen sollen wir euch verstehen!« Dann fügte er hinzu, leise, mit einem Lächeln, das seine schweren alten Züge mit einer Anmut übergoss: »Nun, Carmer, ich bin sehr glücklich.«

Das Telefon rasselte. Und jetzt war auch hier keine Ruhe mehr. Fortwährend begehrte man Einlass. Die Sekretäre postierten sich wie Schildwachen auf den Gang.

»Ich mache einen Vorschlag«, sagte Dorval. »Das wird hier kein Vergnügen mehr sein. In einer Stunde, wenn alle beim Essen sind, lassen wir am rückwärtigen Ausgang den Wagen vorfahren. Bloch und Ihr Erlanger bleiben als Maskierung und Nachhut und folgen mit dem Express. Wir beide aber, wir ziehen über Land, und wo es uns behagt, da halten wir an und machen uns einen friedlichen, einen festlichen Abend.«

11.

Der starke offene Wagen stieg auf Umwegen in die Berge hinauf. Der Mann am Steuer, ein kleiner, ernster Bretone, trug sehr korrekt seine weiße, schwarzeingefasste Sommerlivree. Aber neben Carmer, der den Hut mit einer leichten Mütze vertauscht hatte, saß Dorval im schlecht gemachten Überzieher, den steifen, runden Filz auf dem Kopf, in der Hand seinen Spazierstock – ein bizarrer Protest gegen jede Art von Geckerei und Gelegenheitsmaskerade. Unwillkürlich vergleichend gedachte Carmer jener Bilder des Hochmögenden auf dem Kirchplatz von Ravello: im Staatsprunk eins, mit dem Stahlhelm ein anderes und eins in cäsarischer Toga.

Sie fuhren an weiten bunten Blumenfeldern vorbei, starke Wellen von Hyazinthen- und Rosenduft überfluteten ihre Straße. Dann war man in Grasse. Aus seinen Parfümfabriken drangen, unerträglich beinahe, noch weit stärkere, konzentrierte Düfte.

»Hier vermengen sie die Blumen mit Schweinefett«, sagte Dorval und verzog sein Gesicht.

»Es riecht widerlich.«

»Ja, es stinkt bestialisch.«

Zwischen gewaltsam geformten Bergkuppen ging jenseits die Fahrt, über verwegen gespannte Brücken, enge Serpentinen hinauf und abwärts. Jeden Augenblick, in erstaunendem Wechsel, vertauschte man die Vegetation. Vom Gebiet der silbergrauen Olive stieg man empor bis zum Hornbaum und zur Kiefer des Nordens, um alsbald wieder, mit bewegendem Ausblick ins fernere Gebirg und über die See, hinabzusinken zu Myrte, Orange und Pinienbaum, in warme Täler, die durchduftet waren von Lavendel und Thymian.

Vor Toulon war von neuem die Küste erreicht. Nahe beim Hafen durchfuhr man die Stadt. Die Kais waren von Uniformierten dicht belebt; fischgraue und weiße und schwarze Kriegsschiffe lagen vor Anker.

»Das ist nun von allem das Dümmste«, sagte Dorval. »Sechzig Millionen Goldfrancs Stück für Stück. Und dabei ist so eine Donnerbarke, behaupten die Kenner, im Seekrieg heute genau so nützlich wie ein alter Stiefel. Ja, ganz genau so nützlich, als schwömme hier vor uns ein alter, weggeschmissener Stiefel«, wiederholte er, denn die

Vorstellung schien ihn grimmig zu belustigen, »wir wollen nicht aufhören, es ihnen vorzurücken!«

Carmer blickte ihn an. Aus seinen heiteren und klaren Augen glänzte eine unbedingte Zuversicht. Er würde, nach Erdengesetz, nicht lange mehr leben, wenig, kaum noch etwas würde er am Fühlen und Irren der Menschen zu ändern vermögen in der winzigen Spanne, die ihm gegönnt war; aber ihn beschlich deswegen kein Zweifel, dass es recht und notwendig sei, unbeirrt, furchtlos nach der hellen Seite des Horizonts hinzudeuten. In solcher Haltung, als sein eigenes Denkmal schon jetzt, stand er da vor den Augen der Welt und der Spätern, unverdrossen, diesseitsgläubig und einfach.

Ihre Straße führte nun dicht am Meere entlang. Im sinkenden Tage traten zur Rechten die Berge weiter zurück, sie wurden niedrig und wehrten den Winden nicht ferner. Aber heute spürte man keinen. Alle die Siedlungen, die man passierte, nicht Fremdenorte mehr, zeigten ihr schlichtes, mäßig und heiter provinzielles Leben.

»Hier irgendwo«, sagte Dorval, »sollten wir bleiben. Sonst sind wir in einer Stunde schon in Marseille. Und in der Hölle, Carmer, werden Sie nicht übernachten wollen.«

»In der Hölle?«

»In ihrem Vorhof zumindest.«

»Sie haben Höllenvorhöfe in Ihrem Frankreich?«

»Oh, Marseille ist nicht Frankreich. Wenn es nicht der Vorhof der Hölle ist, so doch jedenfalls der von Afrika und der Ausguss von vier Erdteilen.«

Eine kleine Bucht hatte sich aufgetan, umstanden von einem stattlichen Dorf oder Städtchen. Auf sanft ansteigendem Boden, im Halbkreis, staffelten sich die flachen Häuser, blau, orange und rot, überragt von der mönchsbraunen Kirche, deren zwei Türme viereckig waren, verschieden hoch und Burgtürmen ähnlich. Die Uferstraße entlang lagen Fischerboote, mit eingezogenen Segeln.

»Fahr vorsichtig, Philippe«, sagte Dorval und berührte die Schulter des Chauffeurs mit dem Stockgriff. Die Einwohner traten beiseite aus ihren Gruppen. Es roch würzig nach Meerluft, nach Fischen und nach Gebratenem. Der Seegang war sanft, der Himmel tiefblau wie Veilchen.

»Ja, das wäre so unser Ort«, wiederholte Dorval, »sie werden nur kaum einen Gasthof haben.«

Aber wie zur Antwort sahen sie gleich wo die Häuserzeile endete, ein wenig abseits, sacht erhöht, ein kleines Hotel liegen, einen appetitlichen ockergelben Würfel, vor dessen Frontmitte, schneeig leuchtend, neugestrichen offenbar, sich als Namensfigur plastisch ein prächtiger Schimmel bäumte.

Droben trat mit seiner Frau zusammen der Wirt aus dem Hause und öffnete den Schlag. Es waren Leute in mittlerem Alter, nicht vom provenzalischen Typus, ohne Überschwang. Aber als sie die Reisenden ins Auge fassten, blieb ihnen der Mund offen.

»Das ist nicht möglich«, riefen sie beide im gleichen Ton. »Das ist sogar gewiss, meine Freunde. Aber wenn Sie es gut mit uns meinen, so erzählen Sie es nicht.«

»Zu niemand ein Wort, zu niemand! Wir sind nur außer uns, nicht wahr, Denise. Ah, wenn Sie wüssten, mein Herr!«

»Sie haben am Ende kein Zimmer frei?«

»Kein Zimmer? Denise, Herr Achille Dorval fragt, ob wir Zimmer für ihn haben! Ah, mein Herr ...«

Sie bekamen im ersten Stockwerk die vorderen Stuben, zwischen deren Fenster der milchige Schimmel sprang, große Räume von angenehmer Leere, vergnügt tapeziert, jeder mit einem gewaltigen Bett und zwei kretonnebezogenen Fauteuils. Sie erfrischten sich ein wenig von der Fahrt und traten miteinander vors Haus.

Zwei Tische standen zur Mahlzeit gerichtet, grob, aber fleckenlos gedeckt, die langen, köstlichen Brote lagen bereit. Kaum saßen sie und begannen zu schauen, so trat der Wirt zu ihnen, und unfähig, länger an sich zu halten, mit glänzenden Augen begann er:

»Das ist der schönste Tag meines Lebens! Wir beide, meine Frau und ich, wissen Sie, woher wir stammen, Herr Dorval? Aus Ihrer Heimatstadt.«

Jetzt erst war die Glücksbetäubung erklärt. Auch Carmer verstand. ›Ich bin aus seinem Ort‹, bezogen auf einen bedeutenden Menschen, das war ja wie ein Rang in diesem Lande, wie ein immerwährender Strahl und Segen. Lang Verblichene sandten den Strahl noch aus. Immer traf man in Frankreich auf jemand, der es einem in der ersten Viertelstunde anvertrauen musste, leuchtenden Blicks: ›Ich bin aus Besançon wie Victor Hugo, aus Valenciennes wie der Maler Watteau, aus Cahors wie Gambetta!‹ Das mochte man kindlich und eitel nennen, es war dennoch das Anzeichen einer lebendigen Beziehung zwi-

schen der Nation und denen, die sie darstellten. Und nun dieser Wirt
… Leibhaftig stieg der Hausgott seiner bretonischen Stadt aus dem
Auto und setzte sich bei ihm zu Tische.

»Sie werden sehen«, sagte Dorval behaglich, als der Strahlende
wieder ins Haus gelaufen war, »sogleich erfahre ich, dass ich sein
Vetter bin. Ich habe lauter Vettern dort in dem Städtchen.«

Friedlichster Abend. Vor ihnen breitete sich, in milden Farben, ein
beruhigtes Meer, der Himmel erbleichte, zur Rechten, weit, über
Spanien, versank die Sonne in einem Wunderschein von Hellgrün
und Purpur. Die farbigen Häuser des Dorfes, unwirklich schimmernd
und rein umrissen, stuften sich meerwärts zu ihrer Linken. Stimmen
schollen herauf. Dort wo die Häuser aufhörten, lag, Kiel nach oben,
ein Boot, an dem mit seltenen Hammerschlägen junge Männer etwas
ausbesserten. Es war noch warm.

Er stand wieder vor ihnen, Teller und Gabeln in Händen.

»Ich muss es Ihnen sagen, Herr Dorval, es ist wohl verzeihlich: wir
sind sogar verwandt miteinander.«

»Nicht möglich. Vettern am Ende?«

»Beinahe. Aber Sie werden sich schwerlich erinnern. Mein Vater
hatte daheim das Wirtshaus Zum goldenen Kopf. Und was den Ihren
betrifft …«

Aber nun schwieg er verwirrt, unsicher plötzlich, ob dies noch
statthaft wäre.

»Auch der meine war ein Wirt. Nun freilich: der Goldene Kopf das
war ein Hotel von Ruf – lag es nicht am Quai de la Fosse? Dagegen
das unsere, du lieber Gott! Sie müssen wissen, Carmer, unseres war
eigentlich kaum mehr als ein Ausspann, so eine Herberge in der
Vorstadt, dort wo die Straße von Rochefort hereinkommt. Für mich
kleinen Kerl war es lustig dort, die Fuhrleute von ganz Frankreich
kehrten ein in ihren prächtigen Kitteln, ich sah alle Pferderassen und
lernte die Dialekte sprechen … Aber nun, Bester, zu unserm Diner!
Wir haben Appetit – und wir feiern ein Fest. Sie werden uns zeigen,
welche Künste Ihr Vater Sie einst gelehrt hat, daheim im Goldenen
Kopf!«

»Und Ihre Wünsche, Herr Dorval? Die Ihren, mein Herr?«

»Oh, wir haben Vertrauen.«

»Da läuft er«, sagte Carmer, »den Kopf voll Ideen. Frankreich macht
jeden zum Schwelger. Ich zum Beispiel weiß sonst das liebe lange

Jahr nicht, was auf dem Tisch steht, und dabei bin ich doch kein Asket ...«

»Nicht?« fragte Achille Dorval, und der Deutsche lachte.

»Ich jedenfalls freue mich auf die Speisen, Carmer, und freue mich auf den Wein. Hoffentlich hat mein Vetter einen kleinen Cassis, der wächst hier herum. Die Tage mit Ihnen sind wie ein Jungbad für mich. Mit ganz frischem Herzen marschiere ich jetzt in die Zukunft, wie ein junger Mensch, seitdem ich darauf zählen darf, Ihren gleichen, unverzagten Schritt zu vernehmen von jenseits des Rheines. Die Leute morgen Abend in Nîmes werden mich nicht wiedererkennen, ›das ist ja gar nicht der alte klapprige Dorval‹, werden sie rufen.«

»Sie reden morgen in Nîmes?«

»Ja, in der Arena. Das ist seit langem versprochen.«

Die Vorspeisen kamen. Mit einem rotbackigen Kellnerburschen schleppte der Wirt sie an in schwerer Menge, eine wahre Landschaft von kleinen Schüsseln und Tellerchen bedeckte den Tisch, gefüllt mit scharf und mild duftenden, gaumenreizenden Leckereien: Seemuscheln, Seeigel, Schnecken und Thunfisch, Oliven und riesige Bohnenkerne, Artischockenböden, gesalzen, in Essig, Kalbshirn, kalt mit gerösteter Butter, und auf etwas größerer Platte, inmitten, die Morue à la brandade, das Stockfischgericht der Provence, bereitet mit Pfeffer, Öl und einer Prise von Knoblauch.

»Wittern Sie den Süden?« fragte Dorval. »Unser Wirt hat sich eingelebt hier unten. Stört Sie der Duft? Für mich gehört er zu Sonne und leuchtendem Meer. Unter uns gesagt, ich glaube, Plato und Alexander haben mächtig danach gerochen.«

Da trat um die Ecke des Hauses eine Dame. Sie war ohne Hut, über dem Arm trug sie ein Tuch.

»Meine Pensionärin«, sagte flüsternd der Wirt, »die einzige zu dieser Jahreszeit. Eine sehr ruhige, sehr distinguierte Dame.«

»Daran zweifeln wir gar nicht«, sagte Dorval. Mit einer ganz leichten, anmutigen Bewegung beschaute die Neugekommene vom zweiten Tisch her ihre Nachbarn. Sie war gewohnt, allein zu sein im ruhigen Abend. Erstaunen trat in ihre Augen, sie wandte sich sogleich ab, um einen Schimmer errötet.

»Gefällt sie Ihnen?« fragte Dorval leise, und ohne eine Antwort abzuwarten, die auch nicht kam, erhob er sich, verneigte sich schwer, und mit der Stimme, der noch keine Volksmenge und kein Parlament widerstanden hatte, sagte er:

»Gnädige Frau, es wäre doch traurig, so stumm und abgetrennt voneinander zu speisen. Ein alter Mann darf um manches bitten. Wollen Sie uns die Erlaubnis geben, Ihre Gesellschaft zu sein?« Sie stand auf, tat frei und einfach den Schritt herüber, bot Dorval die Hand hin und antwortete:

»Ich weiß diese Freude zu würdigen, mein Herr. Ich werde sehr gerne bei Ihnen sein. Frau Grandin.«

»Dies ist Herr Carmer«, sagte Dorval.

Sie saß nun an der Breitseite zwischen ihnen, mit dem Rücken zum Hause, hinausblickend auf Himmel und Meer.

»Ah, Frau Grandin«, sagte der Wirt und goss Wein in ihr Glas, »wie oft habe ich mich gewundert, dass eine Dame wie Sie diese Eintönigkeit hier verträgt! Nun entschädigt ein Abend für alle. Ich bin glücklich darüber.«

Sie dankte mit einem Lächeln. Sie war schwerlich ganz jung mehr, wie sie so dasaß, und es ließ sich fragen, ob man sie hübsch nennen konnte. Ihre Züge waren vielleicht zu willkürlich dafür, die kleine Nase zu launisch gebogen, der sanfte Mund ein wenig zu breit. Aber von ihrer kinderhaft runden Stirn, von ihren langen, grauen, dunkel-wimprigen Augen, die gewiss ganz so blickten wie einst in der Jugend, ging Anmut und Zauber aus. Ihr Teint erschien frisch in der Dämme-rung; als die Windlichter gebracht wurden, sah man, dass er es nicht war, wie ein ganz zart gegittertes Netz lag erste Welkheit über dem Antlitz. Sie war völlig schlicht und doch entzückend gekleidet: in ein Kleid aus sehr dünner, lichtgrauer Wolle, allenthalben mit einem schmalen, dunkelgrünen Lederstreifen eingefasst. Ihre geraden und kräftigen Schultern, ihre frauenhaften Arme, ihre Brust, deren bewahrte Schönheit man ahnte, bewegten sich sanft unter dem zärtlichen Ge-webe. Aus ihrem schwach gelockten braunen Haar, das seitlich geschei-telt war, fiel eine Welle ihr oft bis aufs Auge. Was von ihr ausging wie ein Duft, als Ausatmung ihres Wesens, das war Selbstverständlich-keit, herzhafte Klugheit, und ein natürliches Fröhlichsein, das die Resignation eines begonnenen Abstiegs leicht nur beschattete.

Sie aß gern und ohne Ziererei mit von den guten Sachen, die der glückliche Hausvater auftrug für seinen berühmten Gast, der duftenden

Suppe aus vielerlei Kräutern, der stattlichen Meerbarbe dann, hochrot leuchtend auf ihrer Schüssel.

»Wissen Sie, mein Freund«, sagte Dorval, »dass Sie einen alten Römer verrückt machen könnten! Nichts hatten die lieber als diesen Fisch. Sie reisten weit, um ihn zu essen.«

»Und dabei zweifle ich noch, Herr Dorval, dass ihn diese Römer so anrichten konnten wie ich. Haben Sie die Güte, meine Sauce zu beachten!«

»Eine Langustensauce, nicht wahr?« fragte Frau Grandin.

»Meine Erfindung, gnädige Frau. Ich denke, sie ist geglückt?«

Und er war wieder davon.

»Man lässt den Ruhm des Landes leuchten vor Ihnen mein Herr«, sagte sie lächelnd zu Carmer, »aber Sie halten sich allzusehr zurück. Sie werden den Braven noch kränken.«

»Er wird mich für einen Wilden halten, der nichts versteht, und wird getröstet sein. Wie soll ich ihm klarmachen, dass ich am liebsten nur ein Stück von seinem Weißbrot in seinen Wein tauchen möchte. Dabei schmeckt man schon dieses ganze reiche Land. Wenn Sie es mir erlauben, gnädige Frau, so tu ich's einmal.«

»Das muss ich nachmachen«, sagte Dorval. »Carmer, Sie haben recht. Weizen der Ebene und Saft der Berge. Der kleine Cassis ist gut, was?« Und er betrachtete liebevoll den bernsteinenen Trank im groben Glase.

»Ja«, sagte Carmer, »er schmeckt nach Stein und nach Sonne, rein und bitterlich.«

Und er blieb auch beinahe ganz bei seiner Brot- und Weinandacht, während der Wirt sein Ehrendiner weiter auftrug: seine Spargel von doppelter Daumendicke, von denen nach dem Speisen kein holziges Fäserchen übrigblieb, sein Hähnchen in Rahm mit jungen Salaten, den andern süßen Salat endlich zum Nachtisch, den aus Früchten, der duftete wie der Garten Eden: aus Kirschen, Melonen, Birnen und Pfirsich, mit einem herben Likör fremdartig nur eben genetzt. Das Mahl war so leicht, so unbeschwerend, dass auch wer ihm zusprach, nur heiterer und lebendiger davon werden konnte – ›und dabei‹, dachte Carmer, ›ist dies ein Dorfgasthaus und nicht einsehen lässt sich, warum sein Wirt ein besserer Meister sein soll als tausend andere im Land. Sich von reinen, leichten Speisen ernähren, ob das nicht am Ende viel wichtiger ist und förderlicher als manche Last von Würde und Idee? Wie fröhlich sitzt er da, der bedeutende Alte, nicht übersättigt von all den guten Sachen und nicht erhitzt, und scherzt mit mir, aber nicht wie ein großer Mann, der sich herbei- und herablässt, sondern ganz frei und bequem. Und wer mag sie selber denn sein, dass sie so ohne Zwang sich allem gewachsen zeigt? Es ist schwer möglich, das zu bestimmen. Sie kann eine Dame von Wohlstand und Familie sein, sie kann eine kleine Bürgersfrau sein, die Bewegung, mit der sie eben jetzt ihr Löffelchen mit Fruchtsaft zum Munde führt, ist ihnen sicher allen gemeinsam. Wie selbstverständlich lauscht sie und lacht, ganz ohne Anspruch, und ganz ohne Demut. Sie fühlt sich an ihrem Platze, einfach weil sie eine Frau ist und weil eine Frau sich niemals erst zu beweisen braucht, sondern durch ihr bloßes Dasein, durch das Geschenk, die Anmut ihrer Gegenwart so viel Geltung besitzt wie der Bewährte, der Greis. Mild und einnehmend spricht er zu ihr. Völlig ist ihnen die Sprache gemeinsam. Alle reden sie gut und schwerelos und ohne Dunkelheit hier im Lande, und jeder Satz ist wirklich ein Satz, so redet man eben, so bietet sich jedem die Sprache dar, nicht wie eine Wolke, die zerfließend aufschwebt zu Sternen, nicht wie ein mächtiger Spaten, der zähes Erdreich umwühlen soll nach Schätzen, sondern als ein schönes, bequemes Instrument des Lebens. Leben, leben, sie tun's, und sie tun es mit gutem Gewissen. Sie ist übrigens entzückend … Sie verteilt ihre Gnaden, unbeabsichtigt scheinbar, sie blickt auch mich freundlich an, sie will nicht, dass der Fremde, der wenig spricht und nicht zu speisen weiß, sich ausgeschlossen fühle, liebenswürdig und zugänglich ist sie aus sanftem Anstand und Herzenspflicht. Denn nicht wie eine einzelne Frau sitzt sie hier am Tische, sie sitzt hier und plaudert für alle Frauen Frankreichs, so leicht, so leicht, und wenn sie mich ansieht wie eben jetzt, als gefalle ihr mein doch schon altes Gesicht, so muss ich das keineswegs glauben, sie will nur, dass ich nicht traurig sein soll. Aber ich bin nicht traurig, Madame Grandin, ich bin keineswegs traurig oder doch höchstens aus einem allgemeinen Grund: weil das Dasein vorbei ist, vergangen, und weil man's heute vielleicht noch nützen kann, aber nicht mehr recht sich dran freuen.‹

Es war doch kühl geworden. Dorval half ihr das Tuch um die Schultern legen.

»Ja«, sagte sie, »wenn dieser Stern dort heraufkommt, dann fängt es immer an kalt zu werden.«

»Und das zu beobachten, ist Ihre Unterhaltung Abend für Abend? Unser Wirt hat ganz recht, wenn er sich wundert!« – »Nun, er hat öfters die Güte und unterhält mich. Auch von Ihnen, Herr Dorval, hat er gesprochen. Ja, das hat er mir neunmal erzählt. Zehn Tage bin ich jetzt hier.«

Dann fuhr sie ernsthaft fort: »Erst wollte ich meinen kleinen Sohn mit hierhernehmen – so klein ist er eigentlich gar nicht mehr, schon dreizehn –, aber es war zu teuer. Und ich selber hatte Erholung so nötig. Ich war erschöpft.«

»Sie arbeiten in Paris?« fragte Dorval, im Tone der Achtung. »Ja. Nicht sehr gern. Ich finde es garstig. Aber was soll man tun! Es wurde notwendig, als damals gleich zu Beginn … als damals mein Mann starb.«

Die Männer senkten unwillkürlich den Kopf. Sie verstanden recht gut, woran Herr Grandin »gestorben« war, und beiden war es zumute, als trügen sie eine Schuld. Sie blickte von einem zum andern. Kein Wort war nötig. Wenn Menschen so verstummten auf dieser Erde, so dachten sie immer das gleiche. Das Schweigen währte Minuten.

Dann, mit einem Mal, hob sie den Arm und reckte ihn gegen den Nachthimmel auf, an dem die Sterne strahlten wie Lampen.

»Wir decken ihn zu!« rief sie aus. »Den einen dort decke ich zu. Wir wollen es nicht mehr sehen, das rote, das schreckliche Auge!«

Und ihre schmale, feste Hand bedeckte den Kriegsstern. Aber zwischen ihren Fingern, an denen die Nadel Spuren hinterlassen hatte, glänzte weiß das Licht von sanfteren Gestirnen.

12.

Sie waren nach Mittag aufgebrochen und erreichten vom Landinnern her die Vorstadt. Über ein löcheriges Zufallspflaster holperte langsam der Wagen. Niemand wich aus, niemand fuhr auf gesittete Weise. Schräg in die Fahrbahn gestellt warteten Maultier- und Hundekarren. Automobile von verschollenem Typ, halblahm und geflickt, in denen Männer in Blusen und barhäuptige Frauen saßen, gaben heulende Hupensignale, auf die niemand achtete.

Die Vorstadt endete nicht. Niedrig und breit waren die farbigen Häuser hingesetzt, als sei hier Raum in jedem Überfluss, als dehne sich weithin nach allen Seiten Wüste aus oder Steppe. Alles schien zufällig und vorläufig hier, an mancher Behausung sah man keine Türe, nur ein roter oder grüner Tuchvorhang hing schlaff in der unbewegten Luft. Die Bewohner saßen davor, völlig müßig am hellen Nachmittag, schreiend, gestikulierend und lachend mit einer Unbekümmertheit, die etwas Gewaltsames und beinahe Verrücktes hatte. Ein gelblicher, stinkender Staub wirbelte auf unter den Fahrzeugen, die Sonne stieß ohne Erbarmen herab. Eine Schwere, eine Benommenheit, fiel auf Carmer, ein Gefühl wie bei nahendem Fieber. Zum ersten Mal während der ganzen Fahrt rückte Dorval an seinem schwarzen Melonenhut, unter dessen Rand ihn die Haut schmerzte. »Sollte man denken«, sagte er, »dass wir vor zwei Stunden unsere kleine Bucht verlassen haben, Frau Grandin, meinen Vetter und den Schimmel.«

Sie gelangten endlich zur Bahnstation. Carmer legte seine Reisetasche hier nieder. Mit dem schweren Gepäck war der Sekretär vorausgefahren. Der Zug nach Deutschland ging erst am Abend. Stunden hatte Carmer noch vor sich.

Im Herzen der wimmelnden, dröhnenden Stadt fuhren sie weiter und hielten an einer Kreuzung. Rechts mündete eine breite Hauptstraße, schwarz von Menschen und Wagen, zur Linken sah man Wasser, ein tief eingeschnittenes Bassin, sah Masten und Takelwerk. Aber schräg vor ihnen zog sich die andere Straße hinauf, die Dorval jetzt fahren würde, die Rue de la République: ein Stück weiter oben brach sie ab, um sich jenseits zu senken, dort ging es ins Innere von Frankreich hinein. Carmer stand am Rande des Gehsteigs. Er nahm seinen Hut ab. Mit einer ungeschickten Bewegung legte Dorval den seinen neben sich auf den Sitz und reichte Carmer über den Wagenschlag hinweg beide Hände.

»Alors!« sagte er und nickte seinem Verbündeten in die Augen. Sein beredter Mund stand leicht offen dabei unter dem fransigen Schnurrbart. Dann fuhr das Auto die steile Straße hinauf. Dorval hatte sich umgewendet – mit dem ganzen Oberleib, da wohl sein Nacken zu steif war – und er winkte. Nun war er kaum mehr zu sehen. Er hob seinen Stock empor über sich, so hoch er nur konnte. Der Stockgriff glänzte. Das Auto erreichte die Höhe, es ging jenseits hinab, noch war der Griff zu sehen, als einziges noch, die Sonne strahlte ein letztesmal heftig auf in dem Silber, ein Blitz und ein Gruß.

Carmer tat die wenigen Schritte zurück zu jener Hauptstraße. Es war die berühmte Cannebière, der Boden, den die Tausende der täglich

Anschwimmenden, nach Europa Hungrigen, unmittelbar von den Schiffsplanken betraten, eine Einbruchstelle der dunklen Welt. Europa empfing sie mit riesigen Kaffeehäusern, mit Varietés und Kinematographen und mit Kaufläden, darin die Ware von erlesenem Luxus neben kindischem Tand zur Schau lag, der den Barbaren, den Spielfreudigen locken sollte.

Hier schritten truppweise oder allein die Matrosen aller Marinen und die Soldaten von Frankreichs weitdislozierter Kolonialarmee, in Khaki manche gekleidet, viele aber noch im traditionellen Bunt: mit roten Hosen und rotem Fes der Zuave, mit roter Schärpe der Afrikajäger, dem ein Schleier vorm Brande den Nacken schützt, in roter Jacke und rotem Mantel der Spahi, den arabischen Überwurf über dem Schädel. Dies Blutrot tupfte und besprengte den Korso. Und in allen Hautfarben spazierten inmitten die Unterworfenen, noch Niedergehaltenen, jedes Gelb war da aus Kambodscha und Annam, jedes Schwarz vom Niger, Logone und Kongo, jedes Braun vom Nordrande Afrikas. Sogleich schien hier jeder zu Hause. Lange wankte im Gedräng vor Carmer ein alter, ungeheuer gewachsener Berber einher, gestützt auf zwei sehr elegante Kokotten, die winzig klein, kichernd und neckend, ihn am Burnus zupften. Mit schwerer ernster Gier blickte er, ohne zu sprechen, auf sie nieder. Carmer bemerkte mit einem Male, dass er der Gruppe gefolgt war, sie nicht aus den Augen ließ. Ärgerlich, sich selbst nicht begreifend, blieb er stehen und suchte sich einen Platz vor einem der Cafés. Stunden hatte er noch vor sich.

Die Benommenheit wollte nicht weichen. Im Bedürfnis nach Ermunterung, nach einem physischen Stachel, bestellte er sich ein scharfes Getränk und nahm es hastig. Er schmeckte vielfaches Gewürz. Ein etwas ekler Nachgeschmack blieb, wie von Gummi. Aber die Wirkung war da.

Unendliches Reden um ihn, rasches und lautes Geplapper, mit springendem Akzent, in gezogenen und dunklen Dialektlauten. Fremdartig schreiend diskutierte man Geschäfte, Frauen und Politik. Alle Tische waren in Bewegung, ein Gefuchtel von Gesten durchschnitt die heiße Luft. Ein tiefbrünettes Volk war dies, mit flammenden Augen, kräftigem Teint, mit regelmäßigen, sogar edlen Zügen, die aber von Grimassen fortwährend zerrissen wurden. Es war, als ob hier etwas Kostbares verdeckt und verwischt würde durch beweglichen Schutt. Was aber war es?

Für Abwechslung war gesorgt auf dieser Terrasse. Das Gaukel- und Bettelvolk der Seestadt produzierte sich vor den Müßigen. Elend und Krankheit waren zu sehen, wie sie so gnadenlos Europa nicht hervorbringt. Ein Neger, ein altes Geschöpf schon mit weißen Backenbartbüscheln, wies seine Hände vor mit dem Phänomen der Kifussa: blaugrau wirkten die Pocken unter dem Schwarz des Rückens, grünlich aber unter dem Rosa des Handtellers. Grinsend zeigte er dies, aus möglichster Nähe, stolz auf die tödliche Seltenheit. Niemand beachtete ihn. Ihn löste ein Knabe ab, ein verwahrloster und frecher Mischling, abgezehrt, mit brennenden Schlitzaugen und hartem straffen Haar, auf dessen Schulter mit Turkomütze und kleinem Säbel ein Äffchen saß. Es war dressiert, zu salutieren und Haltung anzunehmen, aber immer nach dem soldatischen Gruß wurde es von einem schwindsüchtigen Husten geschüttelt und hielt dabei auf eine herzzerschneidend menschenhafte Weise die behaarte, magere Hand vor den schwärzlichen Mund. Der Knabe hüstelte mit. Man ließ sich nicht stören. Eine fast wilde Unbarmherzigkeit schien Carmer aus diesem harten Geschnatter, diesen dumpfen Vokalen um ihn zu dringen. So unbedingt war die Ablehnung jedes Mitleids, so zwingend, dass er selbst nur verstohlen seine Gaben den Elenden hinreichte.

Ihm war nicht gut zumute. Gewiss wäre es richtig gewesen, aufzustehen, ein Hotel aufzusuchen, gründlich zu ruhen und erst am Morgen zu reisen. Aber man erwartete ihn ja – dort. Morgen würde er sich über Akten an seinem Schreibtisch, würde er sich in einem deutschen Fraktionszimmer finden. Er dachte mit mattem Spott daran, mit Unglauben fast. Aber er blieb. Und als der Kellner, einladend die Flasche hebend, neben ihn trat, nickte er und trank noch einmal hastig von der scharfen Essenz.

Das Militärische schien Trumpf zu sein unter den Mühseligen dieser Stadt. Auch der nächste Bettler hatte das, was von ihm übrig war, soldatisch staffiert. Er saß auf einem jener kleinen Wagen, auf denen sich beinlose Krüppel fortbewegen, tief unten zwischen den Knien der glücklich Schreitenden. Auf dies Wägelchen hatte er seine Orgel montiert, ein modernes, mechanisches Werk. Zu drehen gab es hier nichts. Er saß mit verschränkten Armen, während er spielte, ein Kentaur von Mensch und Maschine. Er trug den feldgrauen Rock der französischen Infanterie mit gelbem Aufschlag am Kragen, darauf die Regimentsnummer 103 zu lesen war, und die geradegeschnittene, feldgraue Kappe mit dem weit vorspringenden Schirm. Das Gesicht darunter wirkte frisch und normal, mit lebhaften Äuglein, roten Backen und einem verwegenen Schnurrbart, ganz als könnte sein Besitzer jetzt gleich in Reih und Glied treten und flott seine Beine werfen.

»Chassez-moi donc cette orgue de Barbarie!« Das hatte der Geschäftsführer gerufen, ein nervöser und unnützer Herr, der zwischen den Tischen umherstand. Aber der Kellner, dem die Weisung galt, war allzu beschäftigt, der Kentaur dröhnte weiter. Carmer kannte sein Stück. Er hatte es sogleich erkannt, mit unverhältnismäßiger Verwunderung, ja mit Freude. Es war das Modestück aus dem Kasino in Cannes, dumpf, schwül und traurig, von Pfiffen und Aufschreien zerrissen wie von Blitzen der Nacht. Alles war wieder da: die tobende schwarze Musikbande, die Reichen der Erde, die so sterbensmatt saßen, die afrikanische Kaiserin, die sie alle verlockte und die ihre Wünsche mit braunen Füßen trat, und sein eigenes bestürzendes Gefühl, das er mühsam bezwang. Heute hätte er es bezwungen. Er horchte. Er wartete. Sogleich nun musste aus dieser Wirrnis, gleich einer Parodie aller Sehnsucht, die süße nachgeahmte Frauenstimme sich erheben, so ärgerlich hier, dennoch so herzversehrend. Aber die kam nicht. Die Töne fehlten. Das Werk lief leer. Dann setzte es mit Geheul wieder ein.

»Chassez donc enfin cette orgue de Barbarie!«

Seltsames Wort … Carmer kannte es nicht und er deutete es falsch. Ihm war ganz, als werde es hier und heute zum ersten Mal und mit Grund gebraucht. Die Barbarenorgel! Während sie, nun ernstlich verwiesen, mit Lärmen davonkroch, sah Carmer sich abermals um zwischen den plappernden, gestikulierenden Gästen …

Es war so. Sie hatten ein Recht, von Barbaren zu sprechen. Dies waren ja Griechen! Dies volle runde Kinn hier war griechisch, jener Ansatz des Haars, die gerade Linie dort, die ganz ohne Winkel von Stirn und Nase geformt war. Alles erschien wie verschüttet, halbverborgen unter fremdem, angeschwemmtem Element, man hätte die Teile zusammensuchen müssen, wie man sie aus Erdmassen zusammensucht bei einer Ausgrabung – aber es war da.

Und es musste auch da sein, er wusste es wieder. Diese Stadt hier im Westen, bei der er heute das Meer verließ, Griechen hatten sie gegründet, und sie hatte griechisch geblüht um ihre Heiligtümer. Und als Athen sein Parthenon aufrichtete zu Ehren der Pallas: aus diesem Massilia hatte es Bildhauer gerufen, um das Haus der klarsten, der geistigsten Göttin würdig zu schmücken. Da hatte es wohl seine Richtigkeit mit dieser Stirn und jenem gemeißelten kleinen Ohr. Aus den überflutenden Wellen dunkleren Blutes tauchten sie empor wie letzte marmorne Riffe. Carmer stand auf. Die Sonne musste schon nahe dem Untergang sein, aber von Abkühlung war nichts zu spüren. Still und schwer stand die Luft über der volkreichen Straße. Er fühlte sich gelähmt, wie gefährdet, unfähig Widerstand zu leisten gegen den fremden und bösartigen Zauber dieser Stadt, die nicht mehr Europa war. Noch lag Zeit vor ihm, einen Spaziergang zu tun und unten am Wasser, gleich dort wo die Masten aufragten, Erfrischung zu suchen vor der Nachtfahrt nach Deutschland.

Da, während er den Kellner bezahlte, hörte Carmer von einer hellen Stimme plötzlich seinen Namen rufen, Vor- und Zunamen, fremdartig entstellt, dennoch deutlich. Es musste natürlich ein Irrtum sein. Das Gewühl war jetzt, gegen Abend, noch dichter geworden. Aus ihren Lagerhäusern drängten nach beendetem Tagwerk die Massen der Hafenarbeiter in die Stadt, ein verwegenes Völkergemisch, in Reihen daherschwenkend. Spielend ihrer Macht sich bewusst, brachten sie jedermann zum Ausweichen und hielten auf dem Fahrdamm Autos und Rosskarren an. Die ersten Reklamelichter flammten schon auf, gelb und rot, und fleckten blutig die Straße. Da hörte Carmer von neuem seinen Namen rufen.

Es waren die Zeitungsjungen. An allen Ecken waren sie postiert, auf patschenden Füßen liefen sie am Rinnstein entlang und riefen ihr Abendblatt aus: ›Das Kabinett in Deutschland gestürzt‹ – und sein Name. Aus Sakkoärmeln und Burnussen griffen die Hände nach dem Papier, überall standen und saßen die Männer, weiße und braune Stirnen über die Nachricht geneigt. Sein Name begleitete Carmer, wie er dahinschritt. Er hörte ihn ungläubig, fast mit Widerwillen. War es denn so gewiss, dass er reisen musste, nur weil alle diese es riefen? Ein Stück weit vor sich sah er plötzlich, als einmal der Strom der Flanierenden sich teilte, platt und eilig wie eine Wanze am Boden den Kentauren dahinstreben, gleichfalls dem Wasser zu.

Am Wasser unten rief niemand mehr Carmers Namen. Es war ziemlich still hier. Er wandte sich rechts um das tief eingeschnittene, schmale Becken und schritt an der Langseite weiter. Gerade vor ihm, im Hintergrund, riesig ausgespannt, ein eisernes Spinnennetz, verband das Gesträng einer schwebenden Fähre die Ufer. Dahinter musste die freie Bucht sich auftun.

Hier aber war keine Erfrischung zu holen. Das Wasser des Alten Hafens lag ölglatt und schmutzig. Nur bescheidene Fahrzeuge ankerten. Segel hingen schlaff. Es roch nicht gut. Keine Welle drang bis hierher.

Dieser Tümpel also war für ihn das letzte Stück mittelländischen Wassers, hier nahm er Abschied von der Flut, die dort unten zwischen Poseidons Wohnhaus und dem Sitz der Sirenen so morgendlich aufgestrahlt und deren schimmernder Weite er all die Tage reisend gefolgt war … Da aber wurde sein Blick von einem Glänzen angezogen.

Jenseits des Beckens lagen Schuppen und Lagerhäuser und weiterhin, bleiern entfärbt schon, mit ihren Kaminen die moderne Arbeitsstadt. Doch hoch darüber, auf weißem Felsen, am frühsten wohl von der Sonne gegrüßt, am spätesten verlassen von ihr, strahlte und flammte das goldene Riesenbild von Notre-Dame de la Garde, mit seinen Zügen nicht zu erkennen, kein Heiligenbild hier, aber hineinleuchtend in alle Gassen als ein Blitz und ein Gruß. So war er heute schon einmal gegrüßt worden, von dem Voltairianer, dem Alten, der heimfuhr in sein Europa. Er lächelte, und er wandte sich ab.

Am diesseitigen Ufer, zur Rechten, staffelte sich lichtlos die Altstadt, in der beginnenden Dämmerung anzusehen wie eine ungeheure, stumme Burg. Carmer wusste nicht, welcherlei Leben diese steinernen Massen in sich verbargen. Es fiel ihm auch nicht auf, wie zahlreich Polizei die Gegend besetzt hielt. Achtlos passierte er, in seinen Gedanken vorwärts schreitend, einen letzten Kordon. Quer über dem Damm hinüber standen in Käppi und Pelerine die Bewaffneten, ihre Gesichter dem Bezirk zugekehrt, den Carmer nun betrat. Sie schauten dem Gutgekleideten nach, und zwei von ihnen wechselten einen Blick.

Er war nicht lange vorüber, da sah er hart beim Wasser am Boden den Beinlosen sitzen und Mahlzeit halten. Vor sich auf seiner Barbarenorgel hatte er jetzt die Speisen stehen: kleine Fische, Brot und ein Fläschchen. Und während er aß und trank, hielt seine linke Hand ein Zeitungsblatt; er las beim Essen, als ein einsamer Junggeselle, im Licht einer schon entzündeten Laterne, das auf sein Blatt fiel.

Carmer blieb stehen und holte nach, was er am Nachmittag versäumt hatte. Er legte dem Geschöpf höflich Geld auf seine Maschine. Dabei traf sein Blick die großgedruckte Überschrift der Zeitung, er las seinen Namen. Der Kentaur blickte unter der Infanteriemütze hervor mit seinem frischen Gesicht zu Carmer auf; er kaute fort und dankte nicht. Aber als jener weiterging, ließ er, mit einem Druck auf den Knopf, einige Töne seines dumpfen Liedes hinter ihm herschallen. Es klang wie ein höhnisches Grunzen.

Die Häuserreihe drüben brach ab. Ein kleiner Platz war eingeschnitten, leicht dämmerig schon. Eine breitfächerige Pinie stand dort, einige Laubbäume und inmitten ein Brunnen. Es war wie ein Dorfplatz. Eine Brise hob endlich an, die Baumkronen wiegten sich langsam, Kühle verheißend. Carmer überschritt die Uferstraße und begab sich in diese Erquickung. Er ließ sich nieder auf der Bank, neben dem Brunnen, der mit frischem Rauschen sprang. Es war hier ganz still. Er sah niemand. Mattheit umfing ihn. Er schloss seine Augen zu einer halben Träumerei, die er kommen fühlte, und der er sich gern überließ. Schweigen war um ihn, sanfte Kühle und, auch vor seinen geschlossenen Augen, mildes Abendlicht. Er saß, ein Jüngling wieder, am hochausschauenden Fenster eines alten Raumes, dessen gelehrten Frieden er hinter sich spürte, sein Blick aber ging über einen bepflanzten Hof hinweg, in dessen Mitte ein Brunnen sprang, weit über Wipfel und Terrassen hinaus in die freie Neckarflur. Denn es war nicht sein flaches und karges Norddeutschland, das vor ihm sich dehnte, es war ein Bild aus jungen Tagen, aus Schwaben, und er wusste auch gleich, wo er saß: am Fenster der Bibliothek in der schwäbischen Studienstadt. Ja, dort lief die Allee tief unten, und da blinkte der Fluss, und die sanften Hügel wellten sich weithin, reich begrünt, doch ohne Üppigkeit, rechte Heimat eines mäßigen, frohen und innigen Stammes.

> In deinen Tälern wachte das Herz mir auf
> Zum Leben, deine Wellen umspielten mich,
> Und all der holden Hügel, die dich
> Wanderer kennen, ist keiner fremd mir ...

Es waren diese Verse, die in ihm aufklangen. Doch konnte er es denn sein, der sie sprach, er, der Sohn der strengen Ebene? Oder wurden sie ihm zugesummt von denen, die er hinter sich wusste im kühlen, gotischen Büchersaal, geneigt ein jeder das junge Haupt auf den Studientisch, die Schwabenhäupter mit den sinnenden Augen und der eigenwilligen Stirn? Und nun sah er, mit einem innerlichen befreienden Lachen, dass er nicht allein war. Neben ihm saß einer am alten Fenster und blickte über das sanftprangende Land hinweg, ein Niegeschauter, lange Vertrauter, lange Vergangener, und ihm kam dieser Gesang zu wie keinem:

Und o ihr schönen
Inseln Joniens! Wo die Meerluft
Die heißen Ufer kühlt und den Lorbeerwald
Durchsäuselt, wenn die Sonne den Weinstock wärmt,
Ach! wo ein goldner Herbst dem armen
Volk in Gesänge die Seufzer wandelt.

Ja, er war es, der Dichter, der wissende Träumer, er, der Griechenland umfasste in einem Gefühl und seine Heimataue, und der schwärmend erkannte, was not tat. Ein schlanker Jüngling saß er da, im schwarzen Scholarenrock, über dem freiheitlich der weiße Hemdkragen weit zurückgeschlagen war, das strahlende junge Haupt auf den Arm gestützt, der wieder auf dem jahrhundertalten Simse ruhte. Lichtes Haar über leuchtender Stirn, zart und klar Mund und Wange gezeichnet, das mildscheinende Auge von hoher Braue überkreist, furchtlos der Blick und doch ganz ohne die Härte des Lebens, überreich an Gefühl und unbeirrbar wahrhaftig, tiefer Erkenntnis voll und tieferer Sehnsucht, hold und wissend beredt.

Carmer öffnete seine Augen. Er war nicht allein. Neben ihm auf der Bank saß einer, ein Stummer. Nicht stumm nur mit der Zunge, auch totenstumm angetan.

Ein dunkles, weites Reisegewand verhüllte ihn vom Kopf bis zum Halse, nichts sah hervor als eine schwarzbraune Hand, die geballt auf dem Schoß lag. Ein indigoblaues Tuch war um das Gesicht gewunden und am Hinterhaupt zu einem dicken Knoten geschlungen, man sah nicht Auge, nicht Mund, nicht Stirn. Aus Wüstenferne kam er wohl her, eine Wüstenreligion nur verbarg mit solchem Gebot das Antlitz ihrer Kinder, um es vorm feinen Sand zu schützen. Ein Tibbu mochte er sein oder Tuareg vom wilden Lande Ahaggar oder aus einer der riesigen Lehmstädte Afrikas, aus Timbuktu vielleicht, der ›Bauchhöhle‹, wo in den finstern Straßen, überragend die fensterlosen Häuser mit den Kamelshälsen, auf ihrem hunderttägigen Marsch die

Karawanen einander begegnen. Am Oberarm, der Carmer zugekehrt war, überm Gewand trug der Verhüllte einen Armring aus grünem Stein, geschliffen, breit und hoch, weniger ein Schmuck als zum Parieren der Waffe geschaffen. So saß er da, eine lichtlose Festung.

Er schien zu warten, wie schweigend hier andere warteten – Carmer sah es erst jetzt. Zwei Matrosen gingen langsam miteinander auf und ab, ohne ein Wort zu tauschen. Unter einer Platane, den Rücken an ihren Stamm gelehnt, stand ein schwarzer Heizer oder Speicherarbeiter mit affenhaft hängenden Armen. Er wartete. So wirkte der ganze Platz wie ein Vorraum.

Der Dunkle, mit einem Rauschen seiner Gewänder, stand aufrecht. In kleiner Entfernung machte er halt und wandte sich um. Carmer wusste, dass er ihn ansah aus seinen blauen Tüchern, und schon folgte er nach. Der Lichte und Wissende, der hold Beredte, er streckte keine selige Hand aus, um ihn zu halten.

Eine breite Gasse öffnete sich. Dem Ufer gleichlaufend musste sie ins Stadtinnere zurückführen. Es war die Richtung nach der Station, Carmers kürzester Weg. Aber schon ließ er beschämt die Ausflucht fahren. Nein, nicht darum ging er hinter diesem drein, weil ihn der den verständigen Weg wies. Er folgte. Er folgte – und war in der Hölle.

Denn schon bewegten sie sich auf ihn zu aus ihren Höhlen, die zur Linken und Rechten die Gasse säumten. Überall an diesen turmhohen, dunklen Häusern stand das Erdgeschoß offen wie eine Wunde. Es waren nicht Wohnungen, es waren flache, trüb erhellte Verschläge. Eine Pritsche in jedem, eine Pferdedecke darüber, ein zurückgeschlagenes Stück Rupfen als Tür. Da kauerten sie und warteten auf Männer. So gab es also Männer, denen das hier zur Lust diente ...

Sie waren halbnackt oder schaurig grotesk kostümiert, mit langen bunten Hemden oder mit einem Flitterrock und einem zerfetzten Schal. Ihr Luxus waren durchsichtige Strümpfe. Aber Schuhe schienen fast unbekannt; die Füße mit wollenen Lappen umwickelt schlurften sie durch den Unrat der Gasse. Sie schrien Preise aus, für die man sich sonst in der Welt ein Brot oder vier Zigaretten kauft. Menschenunwürdiger konnte kein Lebenslos sein. Und dies waren Tausende, man spürte es gleich, dies war nicht ein Winkel, nicht ein schmales Quartier, dies war ein Herd von Grauen und Tod, so gewaltig, dass er sich dem Zugriff entzog, dass jedes Krebsmesser vergeblich schnitt und der Kanker grässlich nur nachwuchs. Am Eingang stand er einer Höllenstadt, auferbaut aus dem hergetriebenen Schlamm der Welt; der war hier angekrustet seit Jahrhunderten, giftiger und gefährlicher als irgendwo sonst, hier an der offenen Wunde des Erdteils, wo alle dunkle Barbarei einbrach in die Gesittung – und in ihn selbst.

Wahre Scharen umgaben ihn nun, der Gutgekleidete hier war der verlockende Bissen, auf den im Bassin die Raubfische zuschießen. Ihre Hände fassten nach ihm, es riss ihm eine den Hut von der Stirn und lief im Triumph damit fort, hoffend, er werde ihr nachsetzen und werde der Räuberin dann erliegen in ihrem Winkel. Er dachte nur flüchtig, wie schaurig arm sie denn sein müsse, dass ihr ein solcher Gegenstand den Diebstahl wert war, und ließ ihn ihr gern. Alarm war in der Dirnenstraße, die vor ihm Lauernden, Kauernden, hatten am Zustrom gemerkt, dass Beute nahe war, und in Haufen verstellten sie seinen Weg. Zurück denn also! Er wandte sich um. Da sah er sich einer entgegenwogenden Phalanx gegenüber, die lautlos auf Lumpen schlich.

Er blieb stehen und schaute. Etwas Niegedachtes überwältigte ihn. Er blickte in einen kotigen Schmelztiegel aller Rassen. Er erkannte mit einem Blick die Völkerschaft dieses Hafens, erzeugt in endloser Zeit von hergeschwemmtem Kriegsvolk und unter sich giftig sich neu erzeugend. Hier war jedes Gesicht eine Mischung und Fratze. Von allen hatten sie alles. Ihre Augen zumal waren gestohlen. Da trug eine auf steilem Schädel das moosartige Wollhaar der Schwarzen, aber ihr Gesicht war grünlich bleich, mit langen und weiten Augen und der gebuckelten Nase der Jüdin. Die schräggeschlitzte schmale schwarze Lidspalte der Hochasiatin saß über der Schnauze eines Bantu; aus einem runden Kopf, einer Zwergrasse angehörig, der grauhäutig war, blinkte das hellblaue Auge des Nordens, ein einziges nur, das andere war von Krankheit oder einem Fausthieb geschlossen. Es waren Dutzende, viele Dutzende. Sie schrien ihm zu in entstellten Sprachen, sie bliesen ihm ihren Todesatem ins Gesicht, sie versperrten ihm mit dichtem Knäuel die Rückkehr zu jenem Platz mit den Platanen und dem Brunnen. Er blickte dorthin. Er konnte entkommen. Aber er ging nicht zurück.

Der Vermummte, dem er gefolgt war, war lange verschwunden. Carmer schritt aus, ohne Führer. In Haufen eilten sie neben ihm her, ohne Geräusch, wie ein Zug von Schatten aus einer Unterwelt. Manche blieben schon kraftlos zurück, hundert Schritte ermüdeten sie, die nie ihre Höhle verließen. Eine, noch eine verschwand, vom Wink eines Käufers bedeutet.

Ein Rupfenvorhang fiel. Die Männer, die durch diese Straße strichen, waren Soldaten. Jenes Blutrot leuchtete überall aus dem bleiernen Dämmer. Man sah keinen im bürgerlichen Rock, kaum eine Arbeitsbluse. Wer nicht uniformiert war, trug einen Rest, zeigte einen Fetzen von Uniform. Dies waren die Männer, die hier bei den Schmutzblütigen wohnten, sie lebten von ihnen, sie schützten sie auch, hier sanken sie unter und mischten sich bei und wurden zu Vätern. In allen Winkeln lungerten sie: Davongelaufene, Ausgemusterte, Flüchtige vor irgendeinem Kriegsrecht, eine Feldmütze auf dem Schädel, im blauen Rock, im roten Mantel, in Wickelgamaschen, Abfall des Krieges allesamt, Splitter allesamt von der furchtbaren Waffe, mit der Europa Selbstmord beging.

Eine Gasse mündete ein, zur Linken, er schlug sich dorthin und sah, dass nun nicht eine mehr folgte. Diese Gespenster schienen an ihren Ort gebunden. Oder gab es hier ein Gesetz des Waldes, das dem einen Tier den Weidweg des andern verbot? Unverständliches Keifen gellte ihm nach.

Die neue Gasse war enger und krumm, ein steil aufwärts führender Schlauch, der am Berg hin sich bog. Höhle lag an Höhle, viele mit offenem Vorhang, so dass man Gekaufte und Käufer in der Paarung beisammen sah. Schankstuben dazwischen, wo Legionäre und Farbige in der Erschlaffung des Trinkers auf ihren Stühlen den Leib hängen ließen. Drohende und verächtliche Blicke folgten dem aufwärts Eilenden. Greisinnen in grauen Säcken watschelten hinter ihm drein und priesen mit gaumigen Lauten ihre Ware oder auch sich. Da aber taten sich, wieder zur Linken, die Häuser auseinander, ein Ausweg öffnete sich, dunkel und still.

Aufatmend machte er halt. Langsam wich die Betäubung. Ja, hier schien der Höllenspuk zu enden. Nun fort hier, aufwärts am Berg, in saubere Luft!

Doch schon sah er, dass dies keine Straße war. Dies war ein tiefer Einschnitt im steinernen Block, ein Sack, ein langgestreckter finsterer Hof eigentlich. Dort ragte die Mauer auf. Vor Carmer stand eine Frau. Ein breiter, roter Lichtstreif, der aus ihrer eben geöffneten Tür fiel, beleuchtete sie.

Sie schaute ihm entgegen. Als sie erkannte, dass er umkehren wollte, streifte sie mit einer ruhigen Bewegung ihr weites Hemd nach unten und zeigte ihre Brüste, die schön waren.

»Komm«, sagte sie mit hohem, gläsernem Ton und in einem Französisch, das eingelernt klang, »komm! Jung. Schön. Nicht viel Geld geben!«

Und als der Fremde nicht näherkam, fügte sie dringlich hinzu: »Madagaskar. Vater ein König. Hova! Hova!« Dies Wort wiederholte sie mehrmals, so als bedeute es etwas Besonderes, einen hohen Wert. War es ihr Volk, ihre Kaste?

Carmer musste sie ansehen. Alles Dunkle und Fremde, seinem Willen Feindliche – da stand es als schöne Verlockung. Oh, diese glich nicht den lemurischen Schatten. Wohl möglich, dass sie würdig geboren und dass die glückliche Insel ihre Heimat war, fruchtreich, mit prangenden Wäldern, von Afrika abgetrennt durch reißende Strömung, dem fernem Arabien und Indien genähert durch sanftere Wasser.

Ihr gemischtes Blut machte diese schön. Es war wenig vom Neger an ihr und viel vom Malayen. Hochgewachsen stand sie da, hellbronzen von Farbe, das ungekrauste Haar einfach geordnet, die tiefdunklen Augen unwissend blickend, und jung, ganz jung, fünfzehnjährig vielleicht – unmenschlicherweise hierher verschlagen.

»Hova! Hova!« sagte sie wieder und deutete auf ihre Halskette, die über den nackten Brüsten hing und anderer Herkunft war als das schamlos billige Kattunzeug ihres Hemdes. Sie war kunstvoll gearbeitet, viereckige Glieder aus hellem durchsichtigem Horn hingen auf eine Art ineinander, die kultisch wirkte. Blickte man dies Schmuckstück recht an, so sah man die Bronzene vorm binsengedeckten Haus betend auf ihrer Matte liegen.

Carmer schüttelte lächelnd den Kopf und wandte halb seinen Schritt – unfähig zu fliehen. Eine sinnliche Süße flutete auf in ihm, ein Verlangen nach diesem jungen braunen Weibe, betäubend. Der Gefahr dieses schweren Tages, nun erlag er ihr, und wollte erliegen.

Da stand, ihm den Weg versperrend, lautlos aus den Häusern hervorgewachsen, ein Neger, ein langes mooshaariges fletschendes Geschöpf. Er war so lang, dass er Carmer überragte, obgleich er tiefer stand auf dem abschüssigen Hof. Er trug den Monteuranzug und die Würfelmütze der Hafenarbeiter, aber sein Gesicht war nach der wilden

Art seines Volkes gezeichnet: auf jeder seiner Wangen waren ihm schmale Hautstreifen herausgeschnitten, und drei tiefe Rinnen, blutrot im Schwarzen, liefen parallel von der Schläfe zum Kinn. Seine rechte Hand, hinterm Rücken verborgen, schien bewaffnet, die Linke deutete in überzeugender Weise nach der Brust, an die Stelle, wo er bei dem Fremden die Brieftasche vermutete.

»Dein Geld!« sagte er englisch. »Fort mit dir«, antwortete Carmer, viel mehr verwundert über das Abenteuer als wütend.

»Pack dich!«

Misstrauend suchte er Deckung. Nun also würde die Junge und Schöne, so war es bestimmt, sich auf ihn werfen, seinen Hals umklammern von rückwärts und ihn zur Beute machen. Aber sie stand unbeweglich, mit stillem Gesicht, ein unschuldiges Rätsel, unmäßig verlockend. Die Hand des Gezeichneten fuhr nach vorn, er hob das Messer mit einem Grinsen.

Es war ein schönes Messer, Carmer hatte Zeit, es zu sehen. Die Klinge in Flammengestalt, sehr spitz, zweischneidig und breit, mit einer stark erhöhten Schiene, von der das Blut bequem ablaufen konnte. Kein langweiliges Fabrikat aus Solingen, oder aus Sheffield, sondern ein autochthoner Gegenstand vom Niger oder Ubangi, Prunkstück für ein Museum.

Der Riesige näherte sich. Die bräunliche Schleimhaut seiner Augen glänzte, Carmer spürte seinen ranzigen Geruch. Das Unglaubhafte, wüst Verzauberte der Situation wollte ihn lähmen. Er überwand das. Und plötzlich, ganz unvermutet, mit Sachkunde, schlug er dem Bedroher die Faust unters Kinn, dass der wie ein Brettergerüst zusammenstürzte. Er fiel gegen die Hauswand, mit dem Rücken zu ihr saß er seltsam am Boden, eingeknickt, Kopf und Oberleib pendelnd nach vorn.

Carmer fühlte sich sanft von rückwärts berührt. Er wandte sich um. Sie war da. Sie bot sich ihm hin, anders als zuvor. Sie blickte ihn wohlig von unten an, mit leicht geöffnetem Mund. Ein Duft stieg auf von ihr wie von Mandel oder seltenen Hölzern, bitter und zart. Ihre starre, starke Brust drängte ihm zu. Da schlug er die Arme um sie und beugte sich nieder und suchte den dunklen Mund und verging. Und in diesem Kusse starb Carmer.

Sein Mörder war leise hervorgekommen. Er stolperte fast über die Beine des Geschlagenen, hielt sich noch und raffte das Messer auf, das jenem entfallen war.

Er trat hinter die umschlungen Dastehenden und maß Carmers Rücken. Er zielte mit feigem Bedacht und stieß ihm mit voller Gewalt die Flammenklinge unter das linke Schulterblatt.

Der Getroffene bäumte sich auf aus dem Kuss, hob weit seine Arme, kreiste schwankend um sich und fiel nieder auf das Pflaster, den Kopf zuhöchst.

Der Afrikaner dort lag in Betäubung. Die Schöne war fort, mit einem Schimpfwort und Stoß in ihren Winkel gescheucht. Der Mörder stand allein. Er stand zu Carmers Häupten, seinen letzten Atem erwartend, um ihn auszurauben und seinen Leichnam zu verbergen. Er war ein Weißer, ein junger Mensch mit einem breiten hellen Gesicht, mit stumpfblauen Augen und stumpfblondem Haar, das hervorquoll unter der Kokarde einer schirmlosen Soldatenmütze. Von dem einen Heer war diese Kokarde genommen, vom andern die blaue Zuavenjacke, vom dritten der Gurt. Er hielt das Urwaldmesser in seiner Hand, das er beim Stoß der Wunde entrissen hatte. Aber er selbst war nur ein Splitter der furchtbaren Waffe, mit der Europa seinen Selbstmord beging.

Carmer sah den Menschen nicht mehr. Er hatte keine Schmerzen, nur ein Gefühl des Verströmens, Versiegens. Und Glanz vor den Augen, als er dahinging.

Denn durch Gassenschluchten und Steingewirr flammte, von ihrer gewaltigen Höhe auf weißem Fels, Notre-Dame de la Garde in das Dunkel der Mordstadt, getroffen vom letzten Strahl dieses Tages, kein Bild einer Heiligen hier, nicht erkennbar: ein Gruß nur, ein Abschiedswink, ein blitzender Silbergriff, die Verheißung.

Dekadente Erzählungen

Im kulturellen Verfall des Fin de siècle wendet sich die Dekadenz ab von der Natur und dem realen Leben, hin zu raffinierten ästhetischen Empfindungen zwischen ausschweifender Lebenslust und fatalem Überdruss. Gegen Moral und Bürgertum frönt sie mit überfeinen Sinnen einem subtilen Schönheitskult, der die Kunst nichts anderem als ihr selbst verpflichtet sieht.

Rainer Maria Rilke Die Aufzeichnungen des Malte Laurids Brigge **Joris-Karl Huysmans** Gegen den Strich **Hermann Bahr** Die gute Schule **Hugo von Hofmannsthal** Das Märchen der 672. Nacht **Rainer Maria Rilke** Die Weise von Liebe und Tod des Cornets Christoph Rilke

ISBN 978-3-8430-1881-4, 412 Seiten, 29,80 €

Erzählungen aus dem Sturm und Drang

Zwischen 1765 und 1785 geht ein Ruck durch die deutsche Literatur. Sehr junge Autoren lehnen sich auf gegen den belehrenden Charakter der - die damalige Geisteskultur beherrschenden - Aufklärung. Mit Fantasie und Gemütskraft stürmen und drängen sie gegen die Moralvorstellungen des Feudalsystems, setzen Gefühl vor Verstand und fordern die Selbstständigkeit des Originalgenies.

Jakob Michael Reinhold Lenz Zerbin oder Die neuere Philosophie **Johann Karl Wezel** Silvans Bibliothek oder die gelehrten Abenteuer **Karl Philipp Moritz** Andreas Hartknopf. Eine Allegorie **Friedrich Schiller** Der Geisterseher **Johann Wolfgang Goethe** Die Leiden des jungen Werther **Friedrich Maximilian Klinger** Fausts Leben, Taten und Höllenfahrt

ISBN 978-3-8430-1882-1, 476 Seiten, 29,80 €

Erzählungen aus dem Sturm und Drang II

Johann Karl Wezel Kakerlak oder die Geschichte eines Rosenkreuzers **Gottfried August Bürger** Münchhausen **Friedrich Schiller** Der Verbrecher aus verlorener Ehre **Karl Philipp Moritz** Andreas Hartknopfs Predigerjahre **Jakob Michael Reinhold Lenz** Der Waldbruder **Friedrich Maximilian Klinger** Geschichte eines Teutschen der neusten Zeit

ISBN 978-3-8430-1883-8, 436 Seiten, 29,80 €

Lightning Source UK Ltd.
Milton Keynes UK
UKHW020201220920
370298UK00013B/577

9 783743 719804